María Teresa León

CUENTOS

AUSTRALCUENTOS

María Teresa León

CUENTOS

ESPASA

La lectura abre horizontes, iguala oportunidades y construye una sociedad mejor.

La propiedad intelectual es clave en la creación de contenidos culturales porque sostiene el ecosistema de quienes escriben y de nuestras librerías. Al comprar este libro estarás contribuyendo a mantener dicho ecosistema vivo y en crecimiento.

En **Grupo Planeta** agradecemos que nos ayudes a apoyar así la autonomía creativa de autoras y autores para que puedan seguir desempeñando su labor.

Dirígete a CEDRO (Centro Español de Derechos Reprográficos) si necesitas fotocopiar o escanear algún fragmento de esta obra. Puedes contactar con CEDRO a través de la web www.conlicencia.com o por teléfono en el 91 702 19 70 / 93 272 04 47.

Queda expresamente prohibida la utilización o reproducción de este libro o de cualquiera de sus partes con el propósito de entrenar o alimentar sistemas o tecnologías de inteligencia artificial.

© Herederos de María Teresa León, 1988
© Editorial Planeta, S. A., 2025
 Espasa, un sello editorial de Editorial Planeta, S. A.
 Avda. Diagonal, 662-664, 08034 Barcelona (España)
 www.espasa.com
 www.planetadelibros.com

Diseño de la colección: Austral / Área Editorial Grupo Planeta
Ilustración de la cubierta: © Núria Just
Primera edición en Austral: mayo de 2025

Depósito legal: B. 7.199-2025
ISBN: 978-84-670-7731-5
Composición: Realización Planeta
Impreso en España

Índice

CUENTOS DE LA ESPAÑA ACTUAL

Liberación de octubre

Rosa no quitó nunca la hoja del calendario. Quedó en el número 4, en el número 4 en negro, porque no era domingo, y solo los domingos se enrojecía la cifra para recordarla: hoy vas al cine. Así descubría entre los trajines y afanes de la casa que era una mujer. Sí, una mujer, aunque su marido la apartase de su camino y solo volviese a sosegarla una vez semanalmente: «Mañana, al cine». ¡Con qué pulcritud doblaba en cuatro dobleces sus agradecimientos y se los entregaba, rendida, al darle la servilleta limpia los domingos, y empezar a comer! Limpieza de pobres, limpieza de domingo. Algunos días, el marido había comentado al sacudir los pliegues de la servilleta: «Hueles a ajo». Injusticia. Ella se había erguido violentamente, echando para atrás los hombros. «Si tuviese criadas...» Si tuviese criadas sería blanca, como ahora es morena; señorita, como ahora es la mujer de un electricista. Todo vendría con ese ensalmo del estado social, y podría retener a su marido con perfumes. ¡Hueles a ajo! ¡Y tú, a flato! Pero nunca le decía nada...

Rosa no conocía más que los números. Cuando fue criada, en unas horas blandas y largas, pretendió sujetar las letras con sus dedos rojos de lejía. Imposible. Aprendió solo a distinguir los números para poder seguir el reloj. Esa sabiduría le permitía comprender su felicidad dominguera. Era el único día que se libraba de esperar, de sentir desperezarse las sillas, sonar los relojes y recorrer las luces de los moribundos, los cristales de su ventana. Como no salía a la calle sino muy temprano, el silencio de la soledad se estremecía con el último cuchillo en el cajón de la mesa, con el agua de fregar agonizando por la cañería, entreabriéndose el misterio de la escalera sin luz y las pisadas de la portera al ir a acostarse. Todo le anunciaba la redonda soledad de su casa. Circularmente tenía una iglesia, la calle, dos casas y el patio, establecido en un barrio último. No era la pobreza, pero casi se daban la mano. Ella sabía que Ramón trabajaba mucho. Electricista. Le concedía toda la superioridad que él reclamaba. En un rincón de la cómoda que su madre le dio al casarse, guardaba el marido sus libros: *Material eléctrico*, *Manual del perfecto electricista*. ¿Política? Cuando se casaron era obrero católico. Ramón recordaba muy bien cómo no había podido llegar a perito electricista y conservaba por ello una rabia sacrílega contra los frailes. Lo echaron de la escuela por atentado a las buenas costumbres. Fue novio de una mujer perdida. Alumnos demasiado viejos para ser obreros y estudiar todo a un tiempo. ¿No era bastante trabajar para la compañía religiosa que a cambio les entregaba el título de ingenieros electricistas? ¿Cómo no tener amores mientras hacían sus estudios? Aquella caridad se le quebró entre los dedos negros de la lima. Por funerales a su ambición muerta se casó con Rosa.

Rosa venía directamente del pueblo, apretada la cintura por las enaguas de percal, los pechos dormidos en un corsé que los afianzaba, prisioneros. ¿Pudo despertarlos? No se interesó tampoco. Le preocupaba demasiado su derrota de aspirante a la pequeña burguesía. Al comienzo buscó un hijo. Pero un hijo se consigue con el solo esfuerzo del padre. Después, todo se redujo entre ellos a darse el brazo los domingos para ir al cine. El hijo no llegaba. Y Rosa se sentía vacilante como una hoja seca, perdida como algo miserable que desaparecerá de la acera, en cualquier momento, de un puntapié.

Cuando sentía nostalgia de cómo había sido ella de joven, se miraba al espejo, igual que una tarde que pasó ebria con las manos en jarras y flores de papel en los cabellos. Nadie la criticó. Era el bautizo de un sobrino de la vecina y se habían derrochado el chocolate y el jerez. De este modo pasó su día más sobresaliente, ese día que se enrosca durmiéndose como un perro y se despierta de cuando en cuando, lamiendo la memoria, hasta hacernos llorar. Rosa lloraba cada vez que hacía visajes delante del espejo, recordando que se emborrachó...

Es cierto que vivía en un país miserable. ¿Cómo es posible que el único día feliz de una mujer fuese una borrachera en un bautizo? En cuanto lo escrito pase una frontera, nadie lo entenderá. Rosa no podía

11

salir a la calle porque estaba catalogada entre las mujeres honradas, y las mujeres honradas no está bien que paseen las aceras. Rosa no tenía confidente, porque el único que puede guardar los secretos de una mujer honrada es el cura, y Rosa no iba a la iglesia. Rosa no recibía a los parientes porque se sabía criticada de su esterilidad. Rosa pensaba que aquella brutalidad carnal del matrimonio se oculta a las jóvenes para no espantarlas, para que las vírgenes acepten el sacrificio. Sus entrañas sordas no habían contestado a las llamadas apremiantes de los primeros tiempos ni a las espaciadas réplicas de los últimos. El electricista se encontró solo, sin respuesta. ¿Cómo es posible que después de conocerlos las mujeres pasen de unos hombres a otros? En este tema de conversación que Rosa desarrollaba ampliamente en la verdulería ante las canastas de lechugas, se encerraba el secreto de su honradez. Su vida física se terminaba pronto; su vida interior empezaba con la espera angustiosa de la noche. Hacia las doce, Ramón subía al fin la escalera y, eso sí, los pasos se le incrustaban como si llevase zapatos de hierro en el horror silencioso de su noche sin amigos, sin libros, solo con el espejo de la cómoda para hacerse visajes...

Ramón no podía faltar. No había faltado nunca. Aquella noche del 4 de octubre, con esa tolerancia de las hembras, se preparó a esperarle una vez más con un esfuerzo de todos sus sentidos. Arrancó la hoja que cubría el número 5 del calendario. Miró el reloj. Como no eran las doce, asustada, la volvió a pegar con saliva. Entonces se le aparecieron claramente las manos de un cura de su pueblo, las únicas manos blancas entre tantas terrosas como lagartijas en medio del sol de las eras. El cura sacaba las manos por el confesonario y algunos hombres se las besaban. Rosa se levantó un día y, movida por un deseo irresistible, se inclinó y lamió la mano blanca, que no se retiró hasta que la mujer se perdió entre las cortinas de hule de la puerta.

¡Qué noche más extraña la del 4 de octubre! Parecía como si los balcones, el farol, las paredes y las piedras aguardasen algo. ¡Qué miserables son los miserables! Pasó un hombre borracho, con el pantalón suelto, sacudiéndose contra las piedras, rozándose contra los muros, avisando a los dormidos con sus gritos: «¡Mañana, la Revolución!». Y lo gritaba babeando, cayéndose de miedo y de vino: «¡Vivan los valientes!». Sacaba algo de su bolsillo, una cosa que debía ser un clavo, y escribía sobre la cal un hervidero de hermosura: ¡VIVA EL PROLETARIADO! Estaba en el momento de los alardes y clavaba repetidamente el farol en una venganza subconsciente. Intentó escalarlo. Perdió el pie y se quedó tendido, con una bocanada de vino rojo a la altura de la cabeza, como si fuese el primer muerto.

Rosa se quedó mirando al borracho. Y algo que nunca impacientó en su pecho la avisaba oscuramente. Ramón se había reído mucho de ella porque conservaba un cabo de cirio del monumento a la Eucaristía que se coloca el Jueves Santo. Abrió una caja: una sortija con una piedra azul, pelo de la abuela muerta, cartas de la madre que las vecinas leían, las bolas de un collar, carretes y el cabo de cera santa, cera como huesos amarillos que se consumen entre inciensos y flores. Cogió una botella y sobre su cuello encendió la luz. Después, la apagó. «Solo debe encenderse cuando hay tempestad.» Luego la volvió a encender. A su luz, sacó las cartas. Las podía repetir de memoria. «En esta que tiene un rabito la primera letra, me cuentan la procesión de Nuestra Señora. Aquí, que mi padre se estropeó el pie con la azada y que desde entonces están tan pobres que mi madre tiene que asistir a las mujeres de parto...» Toda la tristeza campesina se derramaba por aquellos papeles. Los dejó sobre la cómoda. Se levantó a mirarse al espejo. «Qué gracia tuve el día de la borrachera. ¡Viva la Revolución Social!» Y se rio mucho porque repetía aquel grito que acababa de oír al borracho o que para su ignorancia y su falta de interés por la vida era como una palabra que rueda entre las palabras habituales, sin necesidad de significación, solo por adopción y por sonido.

No había terminado de reírse con su cara infantil y tonta en el espejo de su mejor recuerdo, cuando Ramón entró sin llamar. Se quedó con la risa cortada, alumbrada siniestramente por la vela de los trisagios.

—¿Qué hay?

Ramón venía lívido, se notaba en su piel la inquietud de sus entrañas.

—Vengo a decirte adiós.

—¿Te vas?

—Claro.

—No te entiendo.

Seguía mirándole en el espejo, y se volvió para ver si era él quien acababa de entrar.

—No te entiendo. Me dejas por otra que tenga hijos.

En las mejillas del hombre apuntaban las barbas de la madrugada.

—Voy con amigos.

Balbuceaba de tal modo, que no acertaba a sentarse en sus propias sillas y en su propia casa. ¿Quién le mandaba meterse en todo aquello? La vista de Rosa le había vuelto al electricista sin importancia que hace instalaciones por su cuenta y cobra comisión por los conmutadores y el flexible.

—¿Adónde vas? ¿Adónde vamos? Habla.

Él no quería decir que era un compromiso de café. Compromisos de 5 de octubre. ¿Sería posible que tomasen el Poder los proletarios?

—¿Qué es esto que ocurre que no entiendo?

Ramón tampoco entendía bien. Se había comprometido a cortar las conducciones eléctricas. Por algunas casas debían suceder escenas parecidas. La vela de los trisagios seguía ardiendo.

—Nos han engañado y nos la tienen que pagar.

—¿Quién?

—Ellos, el Gobierno, ese que engaña siempre a los que tienen hambre.

Ramón no sabía muy bien adonde iba. Pero delante de Rosa tenía que aparentar. El timbre de la puerta les sorprendió como el silbido de una bala. Abrieron y entraron tres hombres y luego otros tres.

—Aquí nos han dicho que dejemos esto.

A la luz del cirio, brillaron los cargadores y las culatas. Rosa dio un grito agudísimo. Alguien se precipitó a cerrar el balcón. Ramón bajó la cabeza. Bueno, vamos.

—Camarada, ¿comprendes? Estos sacrificios se

hacen solo un día. Tú eres un obrero desorganizado. No puedes comprender muchas cosas. Estamos unidos.

—Los anarquistas de Gijón mandan dos mil hombres.

—Los de la cuenca minera, veinte mil.

—Los de la fábrica de Trubia, cañones.

Solo Ramón no comprendía bien. Los jóvenes bromeaban al sujetarse las pistolas. Ramón hubiera dado algo por comprender mejor lo que sucedía aquella noche espesa como légamo. Parecía como si la aurora no pudiese llegar nunca.

—Estamos por la República. ¿No?

—Estamos por nuestra libertad.

¡*Nuestra libertad* quería decir tantas cosas para Ramón! Cuando todos estuvieron preparados, besó a Rosa.

—¿Comprendes? Si toman el Poder, no está bien que nosotros nos quedemos sin nada.

Los más jóvenes marchaban, sin vacilar, a la muerte. Él, Ramón el electricista, no acertaba a seguirlos.

—Creo que debo ir.

Si Ramón no comprendía y la tibieza de su casa le volvía blando, si estaba aguardando que Rosa se interpusiese entre él y los fusiles, si le acariciaba la cabeza y se sentía atado a su pelo y a sus ojos pasivos y obedientes, Rosa comprendía muy bien. Rosa se precipitó en la revolución. Adivinaba que libertad quiere decir liberarse de la angustia del jornal miserable, de la espera de la muerte con los brazos cruzados, día a día; el padre, de la azada; la madre, de los largos partos de las vecinas de su pueblo. Rosa adivinó que el hombre sentía miedo, notó que pretendía rescatarse en ella y por ella del gran silencio de la noche de octubre, deberle la vida. Ramón aguardaba una palabra para librarse de aquellos muchachos decididos que repetían a media voz consignas como jaculatorias al final de sus párrafos. Esperaba que Rosa lo hiciera nacer con un grito de sus entrañas sordas. Pero la mujer ni contestó. Ya no volvería a esperarle, ni se miraría al espejo, ni oiría el ruido de los cuchillos al guardarse, ni el agua última perdiéndose desaguada en la tierra. Alcanzó al camarada que llevaba los fusiles.

—Dame uno.

Los revolucionarios no comprenden lo insólito.

—Ten.

La puerta se cerró tras ellos. Sobre la cómoda ardía siempre en la botella la vela de las tempestades. El grupo se perdió entre la tensión amarilla del amanecer. Era el 5 de octubre lo que clareaba. Debajo del farol, el borracho seguía tendido con una bocanada de vino tinto a la altura de la cabeza, como si fuera el primer muerto.

Letreros en las vallas

Las paredes se exaltaron hasta parecer de fiesta. Los gritos querían salirse en la fuerza del rasgo negro del alquitrán. Al principio, eran solo letreros. Después, se dibujaron caras, emblemas, símbolos, alusiones. Cayetano se quedaba todas las noches como absorto. Adelantaba el farol. Descifraba pesadamente: BIBA LA REBOLUCIÓN, BIBA EL COMUNISMO, y, más abajo, corregido, LIBERTARIO, y más abajo JONS.

Cayetano sabia bastantes cosas. La vida de sereno familiariza con las sombras y con las tabernas. Las dos desnudan la existencia ciudadana desde la borrachera hasta el adulterio. Conocía cómo se sublevan los ánimos cuando hay fuego o mujer adúltera. Olfateaba si los vecinos eran casados o por casar. Tenía la facultad agradabilísima de poder dormir vestido apoyado contra una puerta, y desde que un extranjero le dijo que solo en España se conocía la ejemplar raza de los serenos, creyó posible, casi necesario, dignificar su profesión con una reverencia al cerrar el ascensor de las casas más caras. Como en su territorio de vigilancia había un convento, los muros, muy largos, se llenaban de enamorados durante las primeras horas de la noche. Colgaban yedras y madreselvas. La calle estaba bordeada de acacias. En primavera, Cayetano no se aventuraba nunca por aquellas paredes sin vecinos. Era el muro predilecto de las inscripciones.

¿Cómo conseguían grabarlas casi por la fuerza imborrable del alquitrán? Él estaba con sus cinco sentidos alerta. Dos palmadas. Iba unas calles más arriba a abrir una puerta, y al volver, aparecía un guardia civil con el tricornio ladeado y la lengua fuera. Se lo habían advertido, a él y todos los demás: «Esto es intolerable, Madrid se llena de insultos todas las mañanas. Las autoridades no pueden permitir que las casas sirvan de propaganda. Serán ustedes destituidos». ¡Destituidos! ¿Y qué haría Cayetano si lo destituyesen? Un perro sabe casi siempre lo que tiene que hacer: o sigue a un amo o hace carantoñas a otro. ¿Dónde estaba otro amo? «Los pobres no tienen más que un amo», pensaba enrareciendo el aire de su garganta. Se apoyaba contra ABAJO LA TIRANÍA SOCIAL y comprendía al sacudir las llaves lo frágil de su política de adaptación. Procuraba ayudar a la policía, descubrir ladrones, avisar incendios, indicar a los necesitados casas discretas. ¿De qué le servía todo aquello? En su casa —varios kilómetros al oeste— le aguardaban, al llegar, la mujer, la suegra y cinco hijos. No tenía vacaciones ni los solsticios cambiaban para él, ni conocía del sol más que esa hora cal azul de la madrugada. Prestaba servicios, grandes servicios al vecindario.

Por las Pascuas de Navidad, Cayetano subía los escalones de las casas de su custodia y le daban un aguinaldo, pero la noche de la fiesta se la pasaba conduciendo víctimas hasta los descansillos, llamando a los timbres y oyendo miserias humanas. Nunca se había interesado tanto por la vida como la noche en que oyó estallar la primera bomba. Debió ser lejos, pero se abrieron las ventanas precipitadamente. ¡Qué sueño tan ligero el de los barrios ricos! A veces, se divertía deslumbrando a los gatos con el farol. Otras, achuchaba a los perros con el chuzo.

Cayetano iba a la taberna cada vez que se le resecaba la boca. Taburetes color sangre de toro. El anuncio de una corrida. Abaniquitos japoneses abanicándose en el papel de la pared. Mesas de madera color chocolate, y el mostrador lleno de frascos y recipientes. Todo brillaba con limpieza de asperón y estropajo. El cinc deslumbrador era el lujo de la taberna. ¡Una tabernera más republicana! Le entusiasmaba a Cayetano oírla hablar. Decía cosas tremendas.

Fue el día de la quema de los conventos. Aún ardían las brasas. La tabernera se abrió como un repollo enseñando su afición a las novelas de aventuras.

—Sacaban cajitas pequeñas con niños muertos.

—¿De quién?

—Toma, ¿de quién van a ser?

Nadie se atrevió a decir en alta voz de los curas y de las monjas, pero se tocaron con el codo y adelantaron las manos batiendo el viento. Todos estaban en los secretos de aquellas historias. La monarquía había terminado. En lo sucesivo, cada oveja con su pareja. Si la oveja quería cambiar de borrego, pues se llegaba ante el juez y se concedía el divorcio. La tabernera se había hecho explicar la Constitución en imágenes, y los nuevos derechos de la mujer los comprendía tan bien, que ponía el paño a su púlpito laico del mostrador de cinc hasta las dos de la mañana. A esa hora, Cayetano se quedaba sin arrimo.

¡Cuánto tarda en presentarse el día! En esos momentos angustiosos, llegaban las sombras de los cubos de alquitrán a sacar de quicio a las paredes con sus propagandas.

El primer día, el cubo tiembla un poco entre las manos de la sombra. Han salido todas reunidas de una callejuela, y las antiguas dicen con superioridad fantasmal a las recién llegadas:

—Lo importante es la rapidez.

A veces, la sombra tiene miedo.

—¿Y los guardias?

A veces, la sombra repasa mentalmente la lista de tíos y primos que pueden sorprenderle. Hay como un orgullo que les une en su ronda nocturna. Son iniciados de una buena nueva y la tienen que transmitir.

—Sería más fácil con carbones de los focos.

Se sintió el silencio despreciativo de la sombra más vieja.

—Lo barrerían las criadas con el hombro al ir a la plaza.

—Yo me he ensayado en la mesa del café y dibujo un guardia de un solo trazo.

—Ya sabéis: hoy, ¡AMNISTÍA!

—¿La m, primero o después?

Las sombras han visto agitarse la luz de Cayetano. No canta ya. Dicen que aún en algunas calles húmedas de ciudades viejas canta el sereno. Pero este ni siquiera suena las llaves porque las lleva aprisionadas en un ancho cinturón de piel.

Las sombras buscan hacer un rodeo, jugar al fantasma, disfrazarse de tronco de árbol o de banco de la calle. Pero, ¡ay!, tienen pocas probabilidades de engañar a Cayetano, que ha descubierto con sus ojos tantos fantasmas falsos en su vida de sereno. Alguna sombra pretende perder el cubo en un quicio. Otra susurra:

—Pasemos por delante.

Pero Cayetano no tiene ya buenos ojos. La noche se los ha gastado como un vidrio y la escarcha se anida en sus pestañas y la bufanda se le sube a la nariz. Entonces, da la vuelta a la esquina, golpeando el cierre de una tienda con su autoridad nocturna. Las sombras no creen en su felicidad.

—¡Ahora!, ¡ahora!

Largas horas negras en la brocha trazan apresuradamente, con la mejor ortografía: ¡AMNISTÍA DE CLASE!

Ni los árboles se atreven a moverse. El vigía silba una canción y parece un paseante que puede llamar al sereno en cualquier momento. El muro hierve en una densidad de consignas.

—De prisa, ¡que vuelve!

Pero Cayetano está ya junto a ellos. Por costumbre, les dice como a su clientela:

—Buenas noches.

Las sombras se han quedado sin voz.

—Frío, ¿eh?

—Bastante.

Las sombras no sienten ningún frío. Un calor hormiguea la mano del que lleva el bote de alquitrán. ¡Si siquiera un vecino llamase! Pero todos han vuelto. ¿Y si saliera el sol? Pero el sol solo en los cuentos disipa los fantasmas.

—¿Y si nos fuésemos? —apuntó la más joven, que para entrar en su casa tenía que descalzarse en el descansillo de la escalera.

Cayetano sonrió en la oscuridad como solo un sereno sabe hacerlo.

—Tenía ganas de veros las caras.

Y les plantó la luz en los ojos.

—¿Qué eres tú?

—Ayudante de un garaje.

—¿Y tú?

—Repartidor.

Las sombras contestaban sinceramente. Tenían una juventud que no se podía llamar con ninguna de esas palabras ponderativas con que parece que la juventud cuenta de antemano. No, eran flacos, amarillentos, desnutridos.

—¿Y tú?

—Yo, estudiante de Medicina.

El sereno parecía encontrar muy explicable aquel interrogatorio contra las tapias del convento. Los muchachos pretendían desarmarle con su docilidad.

—¿Usted es sereno, no?

—Sereno —afirmó seriamente Cayetano.

—¡Qué frío pasará usted por las madrugadas!

—Es mi deber. ¿Y vosotros?

—Nosotros es distinto.

—¿Por qué escribís eso?

Y señaló la palabra AMNISTÍA.

—Porque queremos la libertad de los presos políticos.

—¿Y por qué no os dirigís a los abogados en vez de mancharme mis paredes?

—Porque es el Gobierno, presionado por el deseo de las masas, el que la debe conceder.

¿Quién había enseñado a hablar de ese modo a aquellos insignificantes muchachillos?

Cayetano no recordaba cuándo había aprendido a llorar, pero recordaba muy bien cuánto había llorado para poder aprender a leer. Fue en la clase de analfabetos del regimiento. Daba lección el capellán castrense. Cayetano no acertaba a enterarse de las letras y cuidar del pienso de los caballos. Algunas veces hubiese preferido ser caballo. De política sabía poca cosa. Cuando llegó la República, como él no leía los periódicos, interrogaba a los señoritos. «¿Y qué? ¿Ahora con esto subirán los salarios y no se perderán las cosechas?» Unos le respondían con cara de cirio: «Esto es el fin». Otros se reían: «Los sueldos cada vez peores». Solo un borracho le había contestado: «¡Viva la Niña!». Entonces comprendió vagamente que seguiría siempre con su chuzo. La tabernera desde su mostrador de cinco hablaba de la libertad: «Los hijos podrán ir a la escuela laica. Nada de monjerío». Cayetano, estrujando un cigarro entre las palmas, contestó: «¿Y yo dónde puedo ir? ¿Para qué me sirve la libertad de la República?». Cayetano se veía calle arriba y abajo. «Como no sea para no contestar a los vecinos...» Pero la tabernera no se dejaba vencer: «¡Poco hombre!». Una república para Cayetano era un feliz estado de conciencia donde los hombres viven a su antojo en medio de un reparto equitativo de bienes. La tabernera le lanzó a la cabeza como un vaso: «¡Libertario!». Después, tarareó el himno de Riego.

Cayetano se acordó de esta palabra.

—¿Entonces vosotros sois libertarios?

Los chicos se pusieron a reír como locos. Uno resbaló el pie en el hoyo de un árbol y lo sacó lleno de agua.

—¡No!, ¡no!

—¿Pues qué sois? ¿Por qué me mancháis mis paredes? ¿Quién os manda recorrer las calles con ese cubo durante tantas madrugadas?

Uno de ellos se acercó al sereno.

—No nos entregue usted. No grite. Mire lo que queremos.

Y metió la brocha en el cubo, y seguido por los ojos de Cayetano, escribió: GOBIERNO OBRERO Y CAMPESINO.

—Para conseguir esto —siguió escribiendo otro— necesitamos UNIDAD DE ACCIÓN.

—Con ello llegaremos a establecer —siguió el más joven— LA DICTADURA DEL PROLETARIADO.

La pared no podía contener un letrero más. Habían invadido las vallas próximas. La calle se poblaba de frases amplias, de letras negras que parecían rojas. Cayetano iba siguiéndolos con la boca entreabierta, alumbrando con su farol. No decía nada. Seguía la curva de las letras, deletreando su nacimiento.

Reaccionó de pronto al oír el nombre del amo. Miró a los balcones, temiendo verlos abrirse como el día aquel que estalló la bomba. Gritó.

—¡Fuera, fuera de mi calle, os digo! ¡Aventureros!

Y les empujaba las pobres nalgas desnutridas con el chuzo. Rodó el alquitrán por las losas. Huyeron los muchachos. Cayetano se calmó al ver que ningún balcón se entreabría. Inclinándose con dificultad, agarró el bote, la brocha. Podíais pensar que era para tirarlo lejos, al medio del arroyo. No. Empapó la brocha en el reguero que corría la calle y pasó de nuevo las letras amorosamente.

—Aquí no se nota que han querido poner ABAJO.

Una estrella roja

Las gotas de la lluvia le parecía que tenían manos. Aparte de ellas todo estaba dormido. *Azufre: S. 74 por 100. Nitrato potásico: No. 2, 16 por 100. Carbón de madera: 10 por 100.* Los pesó y los echó en un bote. Sobre la mesa, con los papeles alegres de haber sido conservas de tomate, rasgados, retorcidos, los botes iban recibiendo la carga. Los habían traído sus hijos. «Mis hijos rebuscando —pensó—, porque lo que es nosotros comer tomate... Un lujo de esos canallas.» Oyó perfectamente la respiración de los niños que apenas movía el aire del cuarto. Estaban muy cerca. Una mesa central. Una cama. Sobre dos baúles un colchón. Allí los había ido dejando al nacer. Contra el muro, Bakunin. Enfrente, Elíseo Reclús. La ventana muy chica daba a unos aleros. «Necesitamos bicicletas. Algunos camaradas deben de tener.» Se sentía cómo una respiración ensangrienta un cuarto sin saberlo. Los hombres duermen y aunque parezcan iguales cuando despierten entrarán en la lucha de clases. Todos los niños, los ricos y los pobres estarán durmiendo. Son ya las tres de la mañana. «A la nuestra le han salido sabañones.» Y después articuló lentísimo, casi a media voz...: «Carbón de madera 10 gramos». Se le retrasaban los brazos de sueño. «Todos los niños duermen a estas horas. ¡Humanidad!» Se cansó de enternecerse. «Animales. Bandidos.» Sus hijos estaban bien aleccionados: «¿Tú qué eres?». «Anarquista.» «¿Y tú?» «Comunista.» Todos los niños llevan su destino como un huevo el pollito, aunque estén comiendo chocolate que les dan en el café. Sus hijos serían eso y no otra cosa. Ya podrían en el futuro fregar platos, ofrecer salseras, apretar tornillos, desollarse en zurcir. Serían como una hoja gemela, servidores del pueblo. Se puede elegir el oficio pero hay que ser ante todo revolucionario. «No nos vamos a dejar aplastar como cucarachas.» A los botes habían sustituido las macetas. Él fue jardinero. Ahora, por ser fiel a sus ideales, que se convertían en justicia airada sobre la mesa, ya no podía seguir acariciando alhelíes las tardes de mayo. Él conocía bien la tierra: blanda, grasienta, acre, llena de pajillas de estiércol, donde prendería hasta un fusil de generosa que era. La tierra solo produciría fusiles si pudiese hablar. Antes pasaba en el jardín el tiempo necesario para dar de comer a sus hijos con su esfuerzo. Antes... Todo ya era *antes*. Hasta ella. La única mujer que sabía guardarse armas en el pecho. ¡Tan brava!

Rebullían sobre el baúl. Los trapajos que cubrían a los niños se hinchaban de sueños. «Mis hijos se tienen que instruir como los otros. ¿Quién se opone a que ellos también sepan leer?» A veces se había detenido a ver la salida de los estudiantes de la Universidad. Temblándole los labios se le llenaba de deseos oscuros y saliva la boca. Sus chiquillos irían a la *Universidad Libertaria* cuando el régimen de igualdad se posase con alas rojas y negras sobre los edificios.

Se miraron. Cuando padre e hijo estaban frente a frente les unía la identidad de sus ojos sombríos.

—Padre, ¿en qué lugar mueren los hombres?

—En la calle, en un paseo, de pie, en las barricadas...

Seguían contemplándose; el uno con un bote en la mano, el otro incorporado en el baúl. El padre no entendía de otras muertes. Todas las que vio habían sido de ese modo. La muerte dejaba abiertas las trampas y un accidente de la lucha o del trabajo era el fin. Sus hijos tenían que estar educados en la acción como corresponde a los campeones de la justicia. El heroísmo no crece sin estiércol, y allí en las mantas viejas había sembrado heroísmo. Y crecía.

—Padre, ¿dónde están los traidores?

El hombre miró al exterior de cuerdas tendidas y canales goteando. Por la ventana húmeda vio los fusiles. Destruir o ser destruidos.

—Padre, ya han traído la cesta.

Se entendían. A los seis años se puede llevar una cesta al brazo sin que nadie sospeche. Un niño pobre siempre lleva una cesta con una botella de aceite, bacalao, un trozo de jabón, bombas...

—Esto es para los hombres que no dejan vivir a los obreros.

Cogió la mano del niño con la suya negra de pólvora y, luego, le refregó los hociquitos tibios.

—Huele. Pólvora.

No lo vería, pero ellos sí. Como en un cuento que leyó, las cabezas de sus hijos tenían una estela hacia un mundo sin dueño, sin miserables, sin Estado, sin pesadumbre. Dentro de este milagro su hijo y su hija.

—Padre, los comunistas del bar han dicho que los anarquistas creemos paparruchas.

Siempre reaccionaba furioso contra aquellos tiranos del café.

—¡Dictadores!

Y con la ira se le olvidó llenar el bote de tuercas para aumentar la expansión y terminar de una vez con todo lo existente.

Tenían la culpa los comunistas de la tertulia que se sentaban al fondo del café. A la niña se la llevaron con bombones. «Os pondremos una corbata roja y aprenderéis a cantar.» Bombones, cantos, corbata roja... Contestó en seguida: «Yo soy comunista». El padre bajó la cabeza. Bueno. Libertad.

La niña se levantaba a las ocho. Ayudaba a la madre. Entre mondas de patatas ajadas daba su opinión sobre los huelguistas. Podía decir sin equivocarse: «La consigna de hoy es por los presos». Le enseñaron a decir «FRENTE ROJO». Lo repetía como una máquina a todo el que le daba una perra gorda. El bar resumía su ideal revolucionario. Entraba y desde la puerta gritaba a sus amigos: «¡Frente rojo!».

El chico se acercó casi desnudo a la chaqueta desentramada del padre apoyando sus manitas sobre el pecho.

—Padre, yo quiero un automóvil de cuerda. En la plaza lo estaba vendiendo un hombre.

El pequeño anarquista sentía una ternura, un deseo violentísimo de aquel automóvil maravilloso que giraba en la acera con su hombre metálico al volante. Tocarlo. Darle un poco de cuerda. Verle echar a andar solo. Completamente solo...

—No puedo comprarte eso.

Es ridículo para un anarquista sentir deseos estrafalarios. En la chaqueta tenía quince duros. Podía aumentar el gasto de pólvora. Se le olvidaba si eran 15 o 17 gramos que acababa de echar.

—No —le repetía, mientras como una hoja de suspiro el niño se replegaba a la cama—. No.

¡Engañar a la organización! Primero sin comer. Le amenazó con el puño en alto para que se callase. Después le sacó de la cama. Le alzó en los brazos con tanto dolor que parecía el chirriar de una grúa de hierro.

Lo sentó en sus rodillas ante la mesa entre los botes de tomates, los tiestos. El niño apoyó la cara de conejillo en la solapa. Aquella pistola le podía molestar. La sacó dejándola en la mesa. Necesitaba enseñarle muchas cosas de las relaciones sociales entre los hombres. La lluvia, el olor al antiguo estiércol del jardín, su juventud, su madre, el maestro, las doctrinas de libertad... Su fe se abrió a un espacio sin sombra.

—Verás tú. Hace ya muchos años, un príncipe...

*

Por la mañana la madre preparó la cesta. En toda España prepararon cestas entre una taza de café y pan. Era la hora. No todos los días esa hora justiciera pone de acuerdo los relojes de la revolución. Pero parecía un día sin complicaciones cuando los niños con su cesta salieron a la calle. Pasarían por el café. Estaban de acuerdo los hermanos en asomarse. La niña, igual que siempre, contestaría al saludo. ¡Frente rojo!

Luego les darían bombones.

Aquella mañana se hubiesen podido sembrar campanillas: era marzo. El hombre se incorporó de la mesa donde se había quedado traspuesto. ¿Irán los comunistas a la huelga? Quia, son unos... Organización. ¿Para qué? Coraje. Y las cestas se marcharon por los espacios de la mañana a llevar consuelo a los hambrientos para anunciarles con su estallido la buena nueva libertaria.

*

Llegó tarde. En ocasiones siempre se llega demasiado temprano. Volvía tarde y, sin embargo, era demasiado pronto. Le abrió otra mujer. Pero él estaba seguro de haber oído cantar a la niña:

> *Mañana por las calles*
> *masas en triunfo marcharán...*

¿Por qué no abría la niña la puerta? Dudó si quitarse la gorra. ¿Era su casa? Le picaba la cabeza. «Masas en triunfo...» Estaba seguro de haber despistado a la policía. ¿Por qué tenía miedo? Apretó los codos, forzando el aire acumulado en la entrada. Entró y se quedó como si estuviera fuera, sin entender, extraño y solo, aunque su mujer estaba allí y Bakunin en un marco y Elíseo Reclús en otro. Sobre la mesa, tapadito su cuerpo con la chaqueta del trabajo, entre los botes, las pinzas, el martillo, las tuercas; entre aquel desorden de deseos, angustias, odios, la niña. La niña, muerta al azar en la calle, como mueren los revolucionarios. La niña cubierta con la chaqueta de la pólvora...

Los hombres mueren por salvar a los otros de un régimen de esclavitud. «Masas en triunfo marcharán...» Pero apenas había tenido tiempo de darse cuenta de lo que cantaba.

—Mi pobrecita comunista.

*

Al abrir la puerta los del bar estaban comentando. Miró. Allí seguía la máquina de los chocolates, la radio, el mostrador y detrás, esas botellas que por pobreza no se destapan nunca. En el fondo, aquellos del grupo contrario y a quienes por principio no saludaba nunca. Tan igual seguía todo que parecía un cataclismo. El padre y el hijo entraron cogidos de la mano, serios, como los relojes de las casas donde hay difuntos, seguían andando hasta agotar la cuerda. El grupo adversario se puso en pie. En aquella tregua, un silencio de solidaridad se hizo grande como un himno de masas. «Mañana por las calles, masas en triunfo marcharán...» Como los vidrios de un viejo coche, le temblaba la voz.

—¡Eh, muchachos! Dadme eso, esa cosa que lleváis en la solapa. Es para la comunista, ¿sabéis?

Todas las manos se apresuraron a arrancarse las insignias. Una más afortunada extendió el Frente Único hasta las manos del anarquista. No agradeció. Hendieron la niebla de los cigarros como una barca y una barquichuela. A la luz de un farol, la hicieron brillar. Era una estrella roja.

Intelectual

—Si sientes que por las noches te acompañan los muertos, lo mejor es meter las manos entre las sábanas. No sobrepases el límite del colchón. Si notas que golpean el aire, calla hasta de pensar. Quédate blanda como un prado y pisarán tus cabellos y se esconderán entre tus vestidos sin hacerte daño.

—Cállate tus imágenes. No necesito oírte de los fantasmas de noche sino de los de día. ¿Hubo muchos muertos hoy?

Se quedaron con la vista traspuesta. Comían mal. La pequeña empezaba a notarse desnutrir en la cinta de sus enaguas. La mayor en sus alucinaciones. Vivían cerca de un huerto que había lucido manzanas rojas hasta fin de septiembre. Ahora no salían al huerto. La pequeña lo hizo una mañana para sujetar un peral desgajado y vio que en la reguera había un hombre casi sin cabeza a quien le trepaban en el hombro dos lagartijas. No era posible salir, ni casi hablar, ni casi moverse. Se oía el cañón del monte y de pronto una algarabía como si cien manos golpeasen en cien mil gargantas.

—No abras a nadie aunque tiren la puerta. El gato no ha querido comer.

—Porque era pan y solo busca la carne.

—Carne sobra.

—No sobra. Hace quince días que no comemos.

—Pues sobra; hay por todo el mercado, solo que nosotras no nos atrevemos a salir.

—Te digo que no hay carne. Nadie come carne, nadie bebe desde que esto ocurrió.

—Pues yo te repito que he oído cómo pasaban las mujeres con pollos y cantaban los gallos en las cestas y los gatos iban maullando.

—¡Cómo iban a maullar si estaban muertos!

—No, los muertos los pusieron en latas y los vendían en el mercado.

—A Paco le cuidarán bien, ¿verdad?

—¡Figúrate! ¡Ministro! Debe ser por lo menos ministro. ¿Dónde estará?

Las hermanas siguieron hablando. Pronto saldría la patrulla a recorrer aquellas casas últimas y las hermanas oirían pasar a los muchachos, delirantes de hambre y de miedo. «Esconde los brazos cuando lleguen los fallecidos.» Pero los fallecidos se multiplicaban todas las horas en aquellos interminables días de revolución y de asedio.

Paco era maestro de escuela. Le cuidaban como a un viejo cura Amada y Florentina. No podía casarse mientras ellas no lo hiciesen y se marchitaban comidos por los inviernos y la espera. Sobre la librería el diploma que le autorizaba a enseñar a los chiquillos comenzaba también a enrojecer de tedio por los bordes. En el espejo retratos de antes, en la cómoda trajes de antes, en la memoria recuerdos de antes... Los tres soldados por los hombros, tan bien unidos que nadie les comprendía separados.

—Sí, buen sol.

—Muy bueno.

—Admirable.

Juntos desde la primera taza de café que la mañana les dedicaba hasta el buenas noches de después de cenar. Y como era tímido nunca se atrevió decir: «Me marcho». Ganaba para comer y ellas, las hermanas eternas, lo guisaban.

En su escuela chicos medio descalzos huían hacia el aire libre de letras sin cuidarse de los mundos cabeceantes colgados detrás del maestro en clavos como garrochas. Y Paco les dejaba marchar: «Luego tendrán que romperse el alma sobre la tierra». Él era hijo de labrador y su padre le había querido liberar a toda costa de los terrones que se agarran a los zapatos campesinos y hacen que los pies pesen tanto que la cabeza se vacía. Su hijo Francisco sería maestro. Maestro lo vio antes de morir con la palidez triste de la casa de huéspedes y la luz artificial. No sé si el viejo está muy conforme en su rincón del cementerio. Los dineros se marcharon en el rescate del hijo y el hijo se encontró con los grilletes de las hermanas en los pies.

Sobre su mesa camilla se iban amontonando papeles. Le gustaban las revistas donde se encuentra lo que hay en el pueblo: viajes, mujeres desnudas... Después las hermanas limpiaron folletos de colores.

Las portadas tenían el grito penetrante de las propagandas políticas. Las hermanas no se atrevieron nunca a tocarlos ni a leerlos.

—No duermes.

—No.

—Calla, oigo un automóvil.

—Nunca se detiene nadie...

—Tendríamos más miedo...

—No. Si llegasen ladrones yo les diría: «Siéntense. Hablen. Cuéntennos cómo van las cosas del mundo. Somos ya casi dos piedras. Les gusta la baraja. Juguemos, pero no nos abandonen».

—Si viniesen hombres yo me colgaría a su cuello.

—¿Para qué?

—No sé. Una vez me colgué al cuello de Paco después de sus exámenes y tienen un olor...

—Loca. Yo he besado a aquel pastor que tenía el padre antes de morir y me dejó echando fuego las mejillas con unas barbas como clavos.

—Yo, si viniesen hombres, me colgaría a su cuello.

—¿Y si eran asesinos?

—Hace tantos días que solo vemos asesinados...

—Paco vendrá pronto. Ya debe ser ministro y estar donde el rey.

—No hay rey.

—Todo lo que ocurre es para poner de nuevo al rey.

—Te equivocas. Los palacios estaban vacíos y llenos de arañas y los han limpiado ya para que nunca suba el rey. Mañana tendremos carta de Paco.

Carta del que un día se fue porque unos hombres golpearon la puerta.

—¡Vamos!

—¿Ya?

—Sí.

Ni siquiera apagó la luz. Las palabras del libro que leía se quedaron con los ojos fijos en el techo y Florentina le cerró piadosamente después de oír el primer tiro. Después, aisladas, el miedo y la angustia se habían sentado con ellas. Se acabó la harina y requisaron su cosecha de castañas. Estas fueron sus relaciones con la revolución. ¡Ah!, y los muertos...

Paco se había desdoblado de sus hermanas sin dolor. Le parecía tan natural el triunfo. Gritaba hasta perder la sensación de su carne cuando pasaba un jefe. Había aprendido de pronto a vitorear hasta el espasmo. Pero eso era todo. No hablaba. No podía hablar junto a los hombres de la mina que sacaban al aire sus ojos como raíces deslumbradas, paladeando el aire conquistado, aire sin humillaciones. ¡Suyo! Paco respiraba también. ¡Mío! Los chicos de la escuela que llevaban municiones se admiraron de verle. Él sonrió con reconocimiento. Se dijeron:

—Estamos muy contentos de que no seas un burgués, camarada.

De las ventanas de enfrente hicieron fuego. Como un vuelo de plumas huyeron todos. Todos menos uno que se apoyó en el maestro, abrió mucho los ojos y se dejó caer blandamente hasta el suelo.

Así fue el primer contacto de Paco con la muerte.

Las hermanas le creían ministro. Estaban seguras de ser las hermanas de un ministro, pero Paco recorría las calles con una lentísima tristeza. Nadie le había utilizado para nada. Llegaban camiones llenos de hombres delirantes de victoria. Se distribuían armas. Acudían las guardias rojas a los puestos de peligro. Un ejército obrero tumultuoso como el mar se organizaba bajo el vuelo de los aviones enemigos. Paco agarró por la manga a un hombre que llevaba un galón sobre ella.

—Yo también.

—¿Tu nombre?

—Francisco.

—¿Profesión?

—Maestro de escuela.

—¿Sabes tirar?

—No.

—Nada de maestros, no necesitamos más que tiradores.

Pensó volverse a la escuela de su pueblo. Contar a los chicos lo que él sabía de los grandes cambios humanos, pero sus alumnos eran los que iban con fusiles y municiones por las calles.

Por fin encontró un fusil abandonado. Lo cogió. Era un Mauser. Pediría instrucciones y balas a los chicos.

Un fusil es una contraseña. Le llamaron del primer grupo que cruzó.

—¡Vamos hacia el norte!

Y se fue con ellos. Atravesaron varias calles. Nunca había subido Paco por allí. Mujeres despintadas les llenaron de bendiciones. Una con los brazos al viento les gritó:

—¡Subid los que queráis! ¡Hoy es gratis para los valientes!

Seguía la patrulla con paso cauteloso de cazadores furtivos. Un hombre se abalanzó a ellos.

—Queremos comer.

—Yo también tengo hambre, camarada.

—Vosotros coméis bien. Tenéis la tripa hinchada como sapos. Es preciso asaltar las tiendas y que el pueblo coma. Dejad al pueblo que se arregle con sus enemigos. ¡No le pongáis obstáculos de obediencia! ¡Ya obedeció bastante!

—Camarada, eso que dices es una provocación y voy a detenerte si continúas.

—Para eso hacéis la revolución vosotros, para detener a los revolucionarios. Mirad lo que arregla todas las necesidades. —Agarró un taburete y lo estrelló contra el cristal de una tienda de comestibles. Las mujeres que, provistas de bonos, estaban en la cola se amotinaron.

—¡Sí, todo es nuestro ya!

—¿Queréis comprometer la causa del proletariado? Este hombre es un enemigo del pueblo del que habla con tanto ardor. ¿Qué se conseguiría con los saqueos? Pues que la justicia de un reparto equitativo de alimentos no se pudiese hacer y que los víveres se terminasen en tres días. Todos sabemos que de nuestra resistencia depende la victoria, ¿por qué vamos a golpearnos nosotros mismos, a herirnos en nuestros intereses de clase? La burguesía no espera otra cosa...

Paco se calló. Los bonos siguieron pasando de las manos obreras al pequeño comerciante de barrio que pensaba ingenuamente: «¡Me tendrán que dar cuarenta duros por la luna!».

Al atardecer llegaron al comité revolucionario.

—Camaradas, de la imprenta del Rosal dicen que si no mandáis más texto la hoja no se llenará completamente.

Un hombre ancho, alto, con cara triste y dientes oscuros contestó dando golpes en la mesa.

—Tienen razón. Hay que levantar el espíritu de la gente con proclamas, pero ¿dónde se han metido los intelectuales? No he visto ni uno solo.

Paco bajó la cabeza avergonzado.

—La revolución la hacen los trabajadores y con faltas de ortografía.

—No digáis eso. ¿Y Lenin?

Uno del comité vio a Paco. Paco borrado, triste, con su fusil, con su cara sucia de apoyarse en la culata y disparar contra un cuartel, Paco tan necesitado de revoluciones como los otros, tan proletario, tan valiente, tan silencioso...

El hombre alto de los dientes oscuros le miró.

—¿Qué eres tú?

—Yo, intelectual. —Y levantó la frente como si llevase una estrella, infantil y contento de salvar a los otros, a todos los otros ante los ojos de los trabajadores. Los hombres de la mina y de la fábrica le estrecharon la mano.

¡Si le viesen sus hermanas! ¡Si sus alumnos le pudiesen ver ahora! ¡Cuánto se cantó por dentro el maestro de escuela! ¡Qué de himnos de victoria y de triunfo! De aquellos chicos con cara de piel de zapato haría hombres que más adelante serian ingenieros, médicos, escritores, sabios... La dictadura obrera al tomar el poder entraría en las universidades y no sería solo pan, no, la revolución era mucho más que dar pan...

En casa de las hermanas golpearon en la puerta.

—¡No abras! Serán los muertos.

Se quedaron espantadas y frías.

—¡No hay nadie en la casa! —gritó alguien fuera en el viento y el frío.

—¡Yo bajo a abrir!

Y muertas de miedo se levantaron, la falda de través sobre la camisa y el pañuelo azul sobre los hombros. Abrieron de par en par. Dos hombres sombríos con uniforme tierra gritaron violentamente:

—¡Arriba las manos!

Los pañuelos azules se resbalaron temerosos por las espaldas, hasta el suelo.

—¡Si gritáis disparamos!

La mayor no pudo más.

—¿Sois ladrones?... Si no tenemos nada... Mi hermano se fue con estos tiroteos y no dejó ni pan. Debéis conocerle. Tiene ya que ser ministro.

—¿Ministro? ¿El maestro de la barriada? No, a ese ya le han fusilado.

Florentina se dejó caer sobre la mesa y después su cara se estrelló contra el suelo, la menor se agarró al legionario.

—¡Mentira! ¡Eso es mentira! Se agarró convulsa a la guerrera y volvió a sentir de nuevo aquel olor como una vez al abrazar a Paco... Se crisparon los dedos en los hombros del hombre, en su cuello. Y rodaron los años, los deseos, el agua, la tierra. Saltaba su sangre buscándole, apretando con todas sus entrañas el cuello del hombre. Luego sintió un calor húmedo resbalarle por los costados y como si de pronto el aire endurecido se interpusiera entre los dos, alejándolos. Las manos seguían ciñendo el cuello, los brazos colgaban cortados sobre el pecho del hombre que los tiró violentamente a un rincón. Ella se sintió vaciar y notó cómo desaparecía de la vida.

El legionario se secó el sudor, y el otro soldado le dijo:

—Has hecho bien.

Después, con la punta de la bota levantó la camisa del cadáver y escupió sobre la carne desangrada por tres veces.

Sistema pedagógico

Le habían hecho entrar en el infierno.

Pueden todos los periódicos estar hablando de conflictos, combinaciones bancarias, estafas, huelgas. Nunca se asegura más que todo cambia como cuando algo se queda retrasado: tren a medio llegar, arroyo cegado de guijas. Pueden por lo tanto todos los periódicos agitarse como boticarios en época de peste, preparando remedios y, sin embargo, permanecer una cosa indestructible, el infierno. Aquel día lo destaparon con toda solemnidad en la clase.

La escuela estaba cerca del faro; el faro, alargado en el mar y, todo, lo más lejos posible del demonio, en una isla. Los días de temporal las olas lavan, con precipitación servil, las cuestas del pueblo. Los pescadores abren y cierran las puertas de unos cafés muy chicos, picados de moscas y atascados de humo. Cuando las madrugadas son serenas, los pobres se echan a la mar y atracan barcos que cargan algarrobas. Inmediatamente de la primera fila de casas está el monte. Delante, la onda gentil de la bahía.

A los cinco años es natural no haber corrido mundo. Los pies son chicos. Las manos torpes salen del sueño para accionar precipitadamente entre las cosas altas como alondras. ¡Todo lo que le rodeaba era tan grande! Se tumbaba en la tierra y, con los ojos a la altura de las palomas calzadas y las gallinas, le gustaba jugar.

La madre le agarró un día por el mandil.

—¡A la escuela, burro!

Eso de burro entraba en el lenguaje de su madre. Si la madre le hubiese dicho la primera mañana guardia civil o tricornio, ¡qué dulces le hubieran sabido esas palabras! Porque la madre tenía unos brazos fuertes y un delantal rayado que le arropaba las piernas al caer la tarde, cuando todo él se dormía a raudales, feliz.

Pic, pic, hacen las gallinas... Uh, uuuh, el mar. Ru, ru, las palomas. Ras, ras, los mástiles de los barcos. Todo se mueve, se destruye o se alza. Todo tiene voz y se llama de una manera. Por eso esta mañana el niño se ha enterado de que existe el infierno y que él se va a condenar.

Se lo ha dicho una monja. Sobre la frente almidonada de blanco lleva la pureza de las enaguas antiguas rizadas con tenaza. No le dejaba nunca quieto.

—¡Tú, ven! ¡Tú, vete! ¡Mira que si no aprendes a rezar!... Tú...

Gruñía, reñía a gritos para olvidarse de su pueblo. Como no había tenido paciencia para esperar y ser madre, se había fabricado una substitución de almidones y azúcar. Eran y no eran sus hijos. Por eso gritaba. Los tenía enfrente como cabritas en banco. Unos se quitaban las botas, otros se ponían perdidas las bragas; los más de ellos enseñaban cosas inconvenientes. Pero los padres, pescadores hartos de sabor a sal y a hijos, no podían componérselas de otro modo. Los oleajes fuertes dan inviernos fecundos. Los niños vienen como los salmones, y al crecer hay que recurrir a las monjas y entregarlos. ¿Dónde? En una casita con aleros verdes, desnuda al exterior y por dentro, de cuando en cuando, cromos de vírgenes.

—¡Tú, no te escupas la punta de los pies!

Muchos de los chicos iban a pie desnudo y se les olvidaba con aquel juego la tabla de multiplicar.

—El diablo tiene rabo. A vosotros os sale rabo cuando desobedecéis a Dios.

Para afianzar su doctrina les enseñó una estampita. Entre tenedores de demonios, inocentísimos *condenados* sufrían la pena eterna de la necesidad policromada. La estampita recorrió la clase. Así no se escupirían los dedos gordos de los pies.

—Eso os sucederá a vosotros y a vuestros padres si siguen persiguiendo a los ricos y aumentando el precio del pescado.

Llevó su celo hasta la injuria. La preocupaba mucho el estado social de las cosas. Se enfurecía porque al volver las barcas del mar no quisiesen los pescadores vender barato y prefiriesen tirarlo al agua. ¡Qué tiempos! La palabra *reparto*, desbocada por los salineros de una isla próxima, llegaba al puertecillo por primera vez.

Las monjas habían recibido órdenes de su ilustrí-sima: «Propagar la fe en Dios evita los conflictos sociales. Hay que militar en la iglesia del tiempo. Jesús así lo ha querido. La salvación de nuestros bienhechores está en vuestras manos». Claro que los *bienhechores* no estaban en aquel puerto con barcas tumbadas de pobreza. El niño aquel siempre venía a mendigar. Iba en piernas, con un pantalón roto, los pies como dos costras de sapo.

—Mira estas llamas. Te comerán, como al orinar me vuelvas a mojar las zapatillas.

Una onda corta le enrojeció la cara. En el Continente las noticias llegan con facilidad: la radio, el periódico. En una isla no se tienen noticias tan directas de la desaparición del infierno en los sistemas pedagógicos. El niño empezó a temblar, descuartizado de miedo. No se atrevía a mirarse, pero estaba seguro de que colgando del banco le pendía un rabo de raposa, que iba a moverse a derecha e izquierda.

La monja dio dos palmadas, y aquel montón de indecentes chiquillos se marchó por fin a los infiernos.

Las visitas pastorales traen la confirmación gemelamente. Un obispo, aunque tenga una desgarradora gordura, hace un buen papel con su ropa talar. Aquel año se convino que no quedaría ni un insecto sin el consuelo de congratularse con la Iglesia. Aquello al niño no le consoló nada. No podía vivir. Ya ni el delantal de su madre con listas azules le servía. ¡Qué terror a las paredes movedizas del sueño! Gritaba por la noche, al desplomarse en los abismos, de donde le sacaban las gallinas, pellizcándole en las piernas. Gallinas con cara de monja. Paralelamente, con una doble estela, el niño vivía el día y la noche. ¡Qué cansancio rezar tanto! ¡Qué aburrimiento de cielo, de vírgenes, de mártires, de misas! Llegó el obispo. Un cohete. El niño pensó que el obispo debía ser el único hombre del mundo sin rabo ni cuernos.

Para alcanzar la escuela es imprescindible subir una cuesta.

Humildemente, impedido el paso por los adoquines de las obras, la comitiva venía a pie.

Los del «Andrés Gutiérrez» estaban cargando aceituna. Ponían los sacos en unos hombros llenos de grasa sudorosa, y los hombres pasaban por el esqueleto de una tabla hasta el palo nudoso del centro. Era una vieja manera esclavista de cargar los barcos, a lomo, con un capataz que puede echarte a perder la existencia. Aquellos barcos, en la época precipitada de las hélices, debían de esperar, como los de Ulises, los vientos.

El obispo subía resbalándose entre las piedras de la pendiente. Los cargadores le negaron la calzada y, entre cantos y desgarraduras del piso, alcanzó la escuela.

Las monjas besan con devoción las piedras preciosas. Aquella era una amatista. ¡Qué brillo! Se doblaron de emoción interior. Ante los bancos, lavaditos, horribles, con aquellos pelos chorreando agua, estaban los condenados candidatos al infierno. La superiora, las monjas de estudio, hasta las hermanitas menores, esas que por hacer la cocina huelen a perejil e incienso, clavaron sus ojos en aquella ilustrísima presencia. El obispo, barrigudillo, no tenía pretensiones extrasacerdotales. Le preocupaba el nuevo sentido ético del mundo. Con eso tenía bastante para no dormir.

La campana de la capillita, el sol, la vertiente de montaña en la ventana abierta, las aguas plateadas, todo estaba armonioso y sereno como un número par. ¡Qué suavemente sonreía el prelado! Empezó a decir:

—Hijos míos: hay un sitio todo lleno de fuego. Allí se purgan las faltas mortales de la vida de los hombres. Son los niños los que tienen que empezar a ser buenos, para no caer en tanta desolación. La hermana maestra me ha dicho que algunos de vosotros sois desaplicados. A los desaplicados, a los desobedientes, a los mentirosos, les saldrán rabitos y cuernos. Tú me vas a contestar a unas preguntas.

El obispo miró al niño. A los cinco años, apenas si puede esperarse nada. Llevaba chita, como la flor de almendro, su rebelión.

—¿Cómo te llamas, diablejo?

Ya estaba harto de todos: del colegio, de la vida, de la superiora, del mar, del obispo. La superiora y el alcalde sonreían con esa inteligencia de las autoridades ante los cohetes de la fiesta del pueblo. La hermana maestra enrojeció como si fuese ella la que debiera contestar. El niño, con su aire de náufrago y sus pies descalzos, callaba.

—¿Cómo te llamas, niño?

—Malaleche.

Un examen

¿En qué sitio es donde se marcan los destinos sociales? ¿Por qué va hacia una cuna distinta cada gemido de niño? Un carbonero había pronunciado la fórmula mágica sobre su vientre y ella había parido en la Casa de Maternidad. En la Maternidad no es posible dar a luz. Se pare. Los músculos se le agotaron en aquel batallar, le dolieron los tobillos, las uñas, las raíces del pelo, y aquel monstruo extraño, inconveniente, nació. Era un niño. La superiora, en una visita que hacía por la mañana, le indicó que se marchase pronto. Era tan fuerte. El extraño turno de la vida aguardaba a la puerta. Con su hijo en brazos se marchó hacia la verdulería.

No le llamaron nunca pajarito, ni esas cosas menudas que son un ajuar de aire para un niño pequeño. Le ponían a dormir entre dos sacos para evitar que se moviese, y las patatas, las remolachas, coliflores, lechugas, le formaron con olor de estiércol, riego y campo los pulmones. Estaban de criados en la verdulería. En siete años se enteró muy bien de que las cebollitas en ristra no eran suyas, como tampoco las naranjas. Cuando tocaba las uvas moscateles, su madre, o manos de extensión de no sabía qué enemigo, le hacían sangrar por las narices. Además, tenía piernas y no quería tener piernas porque eran feas. No quería llevar calcetines sino medias. Y como no le gustaba envolver la fruta en los periódicos, porque quería verlos, la frutería se iba transformando en un campo de pellizcos. La madre seguía roja, tiesa como una canasta, sin hacer trabajar en ningún sentido su materia. Un hijo y no más. El carbonero pertenecía ya a los muertos.

No era un palacio lo que tenía enfrente de la tienda. La casa estaba hecha de ese material indefinible de las construcciones pretensiosas. Bochorno urbano de las ciudades precipitadas. El amigo usaba medias, un balón. El amigo de la casa de enfrente podía bajar a comprar plátanos. Otra cosa distinta: clases. Pero también caridad. Vivían cristianos en la casa de enfrente. Basilio tenía allí un amigo. En la verdulería notaba frío, olía a verduras a medio pudrir. Su madre cada vez se parecía más a un cesto. ¡Por el amigo hubiera sido capaz de todo, aquel amigo de las medias de lana! Por agradar a su cliente, la dueña consentía en que la madre repartiera la fruta por los pisos. Su madre, a quien las escaleras hinchaban los pies.

—Que suba, puede que al verle quiera comer el niño.

Le daban de merendar para que el niño aprovechase el tiempo y comiese al verle comer a él. ¡Qué grandes habilidades para explotar la presencia de los pobres!

—¿No encuentras que el niño está mejorado?

—Tú, deja el tren, que lo vas a estropear.

La máquina corría en la planicie de la mesa del comedor. Una palanquita, y echaba a rodar: la máquina con su biela accionando como una batuta, el ténder con carbón, I, II, III, los coches de viajeros, y rodeando la mesa también las clases. El padre manipulaba con el tren, el niño de enfrente volvía la palanquita. El chico del verdulero era espectador. Pronto les fastidió no poder romperlo. ¡Tan perfecto, tan limpio! ¡Qué asco!

—Los niños piden alubias.

Se las dieron. Basilio sabía que las alubias envueltas en papel húmedo crecen y se desperezan. Pasaron algunos días mirándolas cubrirse de raíces y tallos.

—Las nueve. Vete.

El chico llegaba al portal pensando en la sopa ya sobre la mesa. Para él la transfrutería, los sacos de patata, el olor a tierra de debajo de tierra, los cerros de naranjas, las cajitas de moscateles, todo lo que separado y al batirlo el viento es hoja y tiene pájaros, y se suben insectos, allí se volvía repugnante. Se pudría agarrado a las telas húmedas, a los papeles, a su pulmón. No lo había sentido hasta que le hicieron la caridad de enseñarle un comedor burgués.

El amigo empezó a estudiar. Basilio también aprendía las lecciones. Es fácil transvasar geografía y los cuentos de la Historia de España. El amigo sentía predilección por las estampas de los reyes asesinándose.

—Puede venir por las noches y ayudarle a estudiar. ¡Es tan vivo!

Volvió a subir al comedor todas las noches. Ya no quería mirar sino ese hormiguero de las letras. Estaba desdeñoso con la madre, con el gato, despreciaba a los clientes, a los chicos como gatos que se inclinan sin darle importancia a buscar un papel y arrebatan una zanahoria. Estaba subiendo una escala de letras, peldañitos muy chicos que le llevarían a una casa con pantallas verdes columpiándose como señoras y, debajo de la falda, la luz para iluminar un libro. «La sopa. Es tarde.» Ya no sería aquella mujer gorda como una cesta de coliflores la que acudiese a medio peinar. Estaría sentada, ociosa por primera vez en su vida aquella madre suya, pareciéndose a la otra madre, a la señora de la casa de enfrente. Sobre los llanos de caoba de la mesa correría un tren eléctrico...

Nadie sabe por qué las agujas que marcan dirección a los pobres se empeñan en desplazarlos de su camino. La frutería seguía vendiendo y, sin embargo, los echaron. La madre y el hijo se fueron a vivir con unos parientes. Todas las tías de los pobres tienen muchos hijos. Encontró su soledad poblada con ocho muchachos. ¡Eran tan brutos! ¡Tan tontos! Ninguno sabía leer y lloraban cuando les lavaban. Los despreció.

Cuando se sale pronto, es fácil, aunque se esté muy lejos, que se llegue a alcanzar los deseos. Casi todos los días volvía a llamar a la puerta de su amigo. Parecía que arañaba la puerta jadeando, como un perro. Le abrían. La mesa, los libros. Luego, otra vez la caminata hasta el otro barrio donde el tío se emborrachaba. «¡Cochinos burgueses! Antes nos chupaban la sangre, ahora, vacíos y sucios, nos tiran.» El tío se había quedado sin trabajo. Todo el barrio parecía siempre de fiesta. La gente, sentada en los quicios. Si hubiesen podido permanecer inmóviles las manos de aquellos hombres, se hubieran cubierto de herrumbre. Abandonado a mirar, siguió hasta el centro de la casa. Aquellos niños que hacían el cerdo en el patio. Las mujeres odiosas de ira. Los hombres hablando de tirarse a la calle. En la otra casa, el silencio contenido para que los niños pudieran estudiar. No comprendía cómo no se podía querer a los burgueses. La casa burguesa, las niñas burguesas. Decididamente él sería un desertor de su clase.

—Este chico tendrá que ir con los otros.

La madre bajó la cabeza. ¡Cobarde! Oyó cómo su madre le sacrificaba enviándole a pedir limosna. Empezó a mirarse las piernas. Doce años de piernas. Conocer tantos hechos de gloria nacional, saber combinar los números y las sílabas para extender la mano... No. No iría. Estaban los otros. Salió andando. Todo se le precisó lavado en agua clara. Su amigo se quedaría atónito al conocer aquella miseria y sus padres no le dejarían volver a marchar. Pero sobre la mesa del comedor se instalaba la preocupación de los exámenes. El padre explicaba geometría. En una pausa se dio cuenta de que Basilio, mugriento, con las piernas demasiado largas, estaba escuchándole.

—¿Tú no sabes que los exámenes son mañana? Va a traernos seis sobresalientes.

Golpeó la cara inexpresiva de su chiquillo.

—¿Y yo?

Entonces le explicaron que él era pobre. Cuando los niños pobres se dan cuenta de que no pueden cumplir un deseo no lloran a mares, se quedan apaleados, estúpidos. Había creído que a los exámenes se puede ir sin dinero. No comprendía cómo aquello podía ser.

—Oye, trae un pantalón de esos usados para este chico. Le dieron un pantalón viejo.

—Estos días no vuelvas —susurró su amigo.

¡Y luego, hala, hala, a pie por todas las calles con el pantalón al hombro y dentro!... Solo los que tienen comedores y mesas pueden estudiar. Yo no. Soy una alcachofa, una zanahoria, una remolacha. Tengo en vez de cabeza un tomate, porque no tengo dinero. Si se tiene dinero no importa ser un animal. Anda a pedir limosna, gandul. Chas, chas, a hacer la instrucción. Media vuelta, pepino, calabaza, idiota. Eres pobre, no te acerques a las señoritas, que son de jabón. Deja todo, pisotea las hojas de los libros. ¡Extiende bien la mano y el entendimiento!, los tuyos son los otros. Ahora vas a tu equilibrio. ¡Mira qué de churretes tienen en la cara! Comen como los cerdos y se dejan escurreduras en la boca. Pero tú eres igual. Entraré en la casa. «Buenas noches» y me sentaré entre los pequeños. «Hay que cargarse a todos los burgueses», dirá el tío. Y yo le sonreiré con todo lo que he aprendido de geometría en los labios. Son los míos. ¡Qué asco que sean los míos!

Cuando le vio llegar, la madre tuvo una alegría.

—Vas a quedarte con los pequeños. Tengo que ir

al monte. —Le vio el pantalón—. Esto lo llevaré también. No tenemos ni migajas y nos echan de aquí.

Bueno. Le daba lo mismo que los echasen. Preparó unas sopas de pan duro que alcanzaron solo para los pequeños. Unos lagrimones sucios sirvieron de sal. Quiso contarles un cuento para entretenerlos. «Don Enrique de Trastámara...» Y habló ante aquel tribunal improvisado, inconsciente, con tanto ardor, que las cabecitas se quedaron fijas conmovidas de belleza histórica. No supieron nunca cuánto tiempo estuvo examinándose. El desequilibrio del mundo se le agarró a la garganta. En el fondo del cuarto había un montante. Cogió la cuerda de tender. Se subió sobre los hierros de la cama y desde el bolinche de la izquierda se lanzó con la garganta bien ceñida de soga, hasta el olvido.

Los chicos pequeños rieron al ver que estaba haciendo volantines.

Infancia quemada

—¡No lo queméis! —dijo al agarrarse a todas las manos que fue encontrando entre los espectadores que se habían instalado en el solar de enfrente.

Como no gritaba, sino que su voz era natural y húmeda, los hombres no atendían. Además, ¿quiénes eran los incendiarios? Los espectadores que miraban en el fuego lo ignoraban. Ella siguió avanzando hacia la calle, solitaria como un río en crecida, con un asfalto amplio donde daba miedo meter el pie. Las llamas apenas se notaban contra el día, vestido de un mayo claro, y el humo se pegaba sin aire a los techos y luego rompía los cristales con estrépito.

—¡El fuego ha llegado ya a los dormitorios!

—¡No lo queméis! —volvía a decir la voz temblorosa, buscando ser escuchada, pero sin que nadie la escuchase.

—¡Están vacíos! ¡Todos los conventos están vacíos! ¡Buenos pájaros!

—Sí, queman una jaula sin pájaros. Los árboles se van a prender también.

—Los árboles se empiezan a quemar por el tronco. No se prenden por las ramas, que es donde están los nidos.

—¡No lo queméis! —seguía la voz que ahora estaba ya en primera fila.

Enfrente, unos hombres se asomaron a las ventanas del último piso y un revuelo de misales desparramó sus hojas anchas hasta la acera. La clausura. Allí no se podía entrar. Una monja se colocaba en el quicio para ni siquiera entreabrir la puerta cuando las chicas pasaban. A veces, las alumnas soñaban con la clausura.

—¡No lo queméis!

—¿Por qué no lo van a quemar?

—¡El pueblo es muy dueño! ¡A nadie tenemos que darle cuenta!

—¡Se acabó la gran farsa!

—Es mi colegio.

¡Su colegio! Se iba en humo, se abrasaban sus trenzas, sus ojos, sus dedos manchados de tinta, sus oraciones, su voz. La quemaban viva. Los grandes magnolios del jardín, que no dejaban estudiar las primaveras, sentían ya en el tronco llamearles una vida distinta a la suya, prieta de flores blancas. Las yedras del jardín de las monjas se retorcían, huyendo los ratones, llevando la manera de reírse de las niñas de casa rica en sus oídos diminutos, las niñas que salían al recreo de 12 a 12 y media y se cubrían con unas pelerinas azules y guantes.

—¡No lo queméis!

Nadie le hacía caso, y ella asistía al derrumbamiento, balbuceando apenas la disculpa de su dolor.

—Es mi colegio.

Los mapas debían doblarse por las puntas, arder sus islas y desaparecer sus penínsulas y sus cabos. Las bahías serenas y los estrechos violentos se volverían poco a poco ese trozo negro que queda desprendido, rasgando una pared ahumada. Lo veía así sobre los periódicos del día siguiente.

—Es mi colegio, ¿sabe usted?

—¡Vaya dinero que debían tener sus padres!

—Creo que sí.

—¿Era usted de las de arriba o de las de abajo?

—De las de arriba.

—Mi hija, de las de abajo. De estar allí, tiene reúma incurable en la mano derecha, y de nada le sirvió aprender a bordar.

Ella se acordaba muy bien de aquellas salas húmedas, tenaces en cubrirse de salitre, donde el colegio gratuito estaba instalado. Las bajaban allí para que sintieran la piedad. Era como un laboratorio de virtudes. «Mire usted: esta niña es hija de un albañil. Su padre ha caído de un andamio. Ahora es huérfana. Usted se ocupará de su educación religiosa.» La niña, fea, colorada, sonreía ya con adulación. La habían convertido, nada más nacer, en un animal doméstico. «Cuando sea mayor, seré su doncella.» Sintió una gran vergüenza recorrerle las mejillas. Abrió la boca para ver cómo una avalancha de fuego fundía el tejado y respiraba sordamente.

—¿Conque usted era de las señoritas que protegían a mi hija?

La señorita se notaba arder por dentro, consumirse su lengua y los huesos de su cráneo.

—Me alegro mucho de que arda, ¿no entiende usted?

La señorita latía a toda velocidad con su infancia. El órgano parecía lamer de sonidos limpios el suelo de cristal de la capilla. La Virgen jugaba como una madre cualquiera con un pie del Niño Jesús. Todas las chicas, de los doce a los catorce años, veían milagros. Ella vio cómo san José espantaba con su vara florida a un gato que venía los sábados a oír la Salve. Al entrar en la iglesia, no podía impedirse pensar en otra cosa. Cuando daban la señal para levantarse, se retardaba un poco, como traspuesta en algún recuerdo profano. A veces, un cuplé. Esto la hacía parecer una mística. Se reducía mal a la obediencia y la persiguió por eso la ira de la monja coja.

—¿No oye usted cómo suena el órgano?

—Yo solo oigo crujir las maderas.

—Si el techo del salón de actos era todo de vigas. Por las paredes, estaban pintadas las estaciones.

—Yo no lo vi nunca. A los padres de las gratuitas nos entraban por la escalera interior.

—¿No le da pena que hasta la escalera interior se queme?

—¡Me llena de alegría! Me pondría a bailar si no me doliesen sesenta años de albañil en los pies. ¿Cómo me van a importar las escaleras ni los dormitorios del enemigo? ¿Cree usted que yo he sabido nunca lo que era dormir? Pues no, ni dormir, ni comer, ni mirar cómo mis hijos crecían. Todo lo bueno de la vida se me ha ido calculando. Una aritmética muy difícil, que a usted no le enseñaron allí enfrente.

El edificio de enfrente se quebraba en dos. Un humo espeso se desprendía ya desde los sótanos hasta el tejado. La señorita seguía persiguiendo su infancia. Los pupitres bajarían para salvarse por las escaleras que dan al refectorio y las jícaras de chocolate, las mandarinas, los libros, el olor a patatas y santidad de los cuartos despenseros se harían pavesas en aquella columna sonora que aumentaba cada vez más su aliento.

—Es posible que usted no sepa ni lo que cuesta su traje. Yo sé lo que vale todo, desde un tornillo a una casa. He tenido que calcular si podía respirar dos veces o una sola cuando se derrumbaron una mañana sobre mí los desmontes donde me pusieron mis padres de arenero. Mi madre no comprendía los lujos. Si quería comer, tenía que echarle dos reales en la olla.

—Mire usted, aquel jardín que aún no se ha prendido era el de las chicas. Tenía en medio un estanque azul.

—¿Azul? De azulejo azul, querrá usted decir. No me gustaría que mi hija se viese como yo me vi. Mi madre se volvió loca de hacer toquillas de lana para las tiendas.

—Era un estanque azul, le digo a usted, y no había más que mirlos en el jardín. ¿Conoce usted también los mirlos?

—Ustedes usaban guantes. Mi hija, que aprendió a bordar, tenía las manos tan hinchadas, que perdía diariamente un paquete de agujas. Bordaba mantelillos gratis para los altares de su colegio.

—Mire, aquello que arde era el dormitorio de las monjas. No entró nunca ninguna chica. ¿Se estará quemando alguna monja dentro?

—No hay nadie. Les han dado el soplo.

—Una vez agarré a una monja el velo entre dos puertas y se quedó desplumada. Tenía el pelo corto y trasquilado como una oveja. Figúrese que a otra le pegué un pellizco en el brazo por engañarme: yo creía que cantaba muy bien, y mi madre me aseguró, después de una fiesta, que cantaba muy mal.

—Esas cosas suceden a todo el mundo.

—Pero aún, ahora, la oigo algunas veces al empezar el sueño.

Se rieron los dos. Ya no sentía miedo. Encontraba que salió de su casa para esto y no para otra cosa. Salió a ver arder los conventos y ardían como en una fiesta. «Me dejan en el arroyo —pensó—. Ya no podré decir al pasar esta calle allí me educaron.»

—Me quise escapar, ¿sabe usted? Me moría de impaciencia y de tristeza. Me hacían llevar las trenzas repeladas en las sienes.

—Mi hija no se quiso escapar nunca. Le daban una pastilla de chocolate.

—Pues yo salí huyendo por las clases silenciosas, crucé la enfermería que olía a menta, el salón de visitas, y en la entrada, aguardé escondida hasta que alguien llamó. Un empujón a la hermana portera y me encontré en la calle. Lucía un sol espléndido y toda la gente miraba hacia lo alto. Yo también miré: y vi volar el primer dirigible.

El campanario, ya sin palomas, se derrumbó violentamente. Echó a correr el público escalonado en el solar. Ellos también corrieron. Se sintió de pronto molesta de correr junto a aquel albañil que le daba la mano con un reguero de cal en el dedo meñique. Creyó que el albañil era aquel que se cayó del andamio, el padre de la niña tonta y colorada, y que estaba ella muerta también, y que huían muertos para no abrazarse. Las dos infancias diferentes se derrumbaban y ardían. Todo estaba a medio quemar. Sus tardes inocentes de gritos en los fosos persiguiéndose en grupos, escondiéndose, amontonadas, bajo una escalera, notando por primera vez sobre la espalda y en el tacto de los codos el peso grave del pecho que apenas marcaban los trajes de jerga. Allí, por primera vez, apretó la cara contra la tela hiriente y se creyó tendida sobre el campo de batalla de un uniforme de húsar. Corría la señorita junto al albañil confiada en la otra infancia, que también ardía con sus silencios de hambre sobre el bastidor, envidiando los guantes blancos sin los cuales no se podía entrar en misa los días de fiesta. Ellas eran pobres, ordinarias. Ni compararse a las de arriba que nunca usarían de su educación más que las reverencias. No llevaban uniforme. Las vestía la mala modista que es la casualidad. Pero como también estaban en ese primer sobresalto de la aurora soñaban con novios moviendo precipitadamente los bolillos.

Cuando se detuvieron de correr estaban ante la puerta de un bar.

—Esas diablas guardaban dinamita.

La señorita se apoyó contra el muro pareciéndole completamente natural la observación.

—Sí, siempre han guardado dinamita.

—Tendremos que ahorcarlos a todos.

—¿A quiénes?

—A esos bandidos.

—Tengo sed.

El colegio seguía ardiendo devorado por su fuego interior y ellos entraron en el bar a salvar sus entrañas.

—¿Qué va a ser?

—Agua... No, limón.

Y así, frente a frente, se encontró con el enemigo. ¿Qué lucha de veinte siglos les separaba? ¡Veinte siglos de promesas de cielo mientras ellos poseían la tierra! La caridad, esa estratagema de los ricos para apartar a los pobres, se enredó en sus labios entre disculpas.

—No, si mi hija no puede bordar. Si mi hija es un trasto inútil. Las monjas tenían unos sótanos abandonados y allí instalaron su almacén de buenas obras para ganar el cielo. ¿Usted no entiende por qué arde el colegio? Pues yo sí. Lo han prendido las manos de las gratuitas. ¡Gratuitas! Comprenda usted, las *gratuitas*, las que no pagan, las que se truecan en indulgencias. Mi hija era gratuita y usted pensionada. ¿Es que se parecen en algo?, ella va por ahí con otros chicos que la corresponden, grasientos de la lima, despeinados. Cantan y predicen un mundo mejor. No me quisiera morir sin verlo. Son los que hoy han salido temprano a la calle. Cuando han llegado aquí mi hija levantando su mano casi paralítica ha dicho: «Es mi escuela gratuita, prendedla». Porque su infancia solo sirve para quemarla cuanto antes, para perderla de vista. En cambio usted ha saltado con su corazón deshecho: «¡No lo queméis!». Ahora, porque mi hija quiso, se ha quedado usted sin colegio.

El mármol de la mesa estaba frío. Junto a la frente de la exalumna se pegaba el jarabe de grosella anteriormente servido. Pensaba en sus propias torturas y terrores, en sus botas usadas, en los guantes azules comidos por las puntas. Se vio chiquita en la gota de grosella, con su uniforme que duraba demasiado tiempo. ¿Qué sería de su hija si muriese su padre? Tan inútiles como las manos de la hija del albañil resultarían sus conocimientos. ¿Tendrían razón? ¿Sería verdad que hay que conquistar antes la tierra?

Entraban y salían hombres de boina y de gorra. El colegio continuaba llameando. Se tiznaban de pavesas las ropas tendidas en los patios. Levantó la señorita los ojos hacia la otra infancia implacable y todos sus mirlos, sus hiedras, su estanque azul, los fosos largos y los días de fiesta, los mapas, los libros, las monjas se anudaron en su corazón sin encontrar salida. Como un último deseo de náufrago murmuró apoyando su dedo en la gota de jarabe de grosella.

—Sáqueme de aquí.

Al llegar a la calle un soplo de viento los dispersó por dos calles distintas.

El pequeño burgués

Alrededor de la mesa habían pasado todos los acontecimientos memorables. Dos o tres chicos se precipitaban sobre ella y sacaban libros, cuadernos, todas esas menudas magnificencias de un cuarto cuando su dueño está haciendo la segunda enseñanza. Entonces se tiene una madre a quien da orgullo besar aunque nunca haya sido bonita, un padre que interviene cautelosamente en los problemas de álgebra y que más adelante se descubre que es un pobre hombre, y hermanas que se apoyan sobre la mesa y dan que hablar a los amigos. Aún no se ha descubierto que la casa es mezquina —no se procede por comparaciones—, con una portera que huele a loseta húmeda de patio. El aceite que sube de los otros pisos aún no molesta para estudiar, ni los cantos de las criadas. Se estudia poco. ¡Trabaja, memoria, para el niño! De pronto, se levanta el telón. Acuden cosas veladas, movedizas. Lo creído se descree y las rasgaduras se van enconando mientras crecen los huesos. Es una calcificación dolorosa. Cuando esta tensión llega, desazona enormemente que te llamen Cuco o Pocholo. ¿Por qué no me acarician ya? Empieza a dar vergüenza pedir. Hasta la madre le besa solo en la frente. Nota que le tiemblan los ojos como gotas de lluvia. «Mamá, mamá, quiero que otra vez sea antes.» A veces, dormidos, lloran. Como son ya mayores, no les hacen ningún caso. Además, les molesta que les llamen niño. Un tonto le dijo una vez delante de la madre: «¿Cuándo va a crecer este pollito?». ¡Qué mediocre era el talento de los amigos de la familia! Poco a poco se enteró de lo que quería decir: «Apaga la luz. No rompas tanto los cordones de las botas». Cinco hermanos vivían en la casa. Los muebles tenían chapas de metal en las cerraduras. Le había parecido siempre un lujo. En la entrada, un perchero con espejito y el paragüero esperando las lluvias. En la cabecera de la cama, la Virgen socorriéndole, perpetuamente inmóvil, sin regalarle su manto para hacerle un abrigo. El suyo se marchaba hacia el rincón oscuro de los zapatos viejos, donde se tiraban los residuos de ropa hasta que había bastantes que vender. La madre tenía las manos arrebatadas de lejía. «Pero mamá es una señora.» Y sus hermanas serían señoritas, pero se preparaban para serlo insuficientemente alimentadas de repollo. «¡Todo está tan caro!» Por parte de la madre tenían un escudo de nobleza colgado en el recibidor. Así no había duda. El niño, necesariamente, sería un señor.

Empezaba a ser difícil guardar las posiciones. Ya la madre se casó con un cualquier cosa de un ministerio. El chico se dio cuenta una noche de que el *cualquier cosa* era despreciado calladamente por la madre. Después descubrió que el *cualquier cosa* hurtaba las dos perras que se dejaban en un cestillo para el cartero. Aquellos niños que venían a su casa contaban de un tío que les llevaba en coche. Él, no. En cambio tenía hermanas. Una mayor que cuando al jugar le pasaba la mano sobre el pecho, sentía unas ganas feroces de morderla. Los amigos conocían a otras chicas. A él le reventaban las chicas. ¿Para qué cansarse más? Todas las horas eran una batalla. Le prestaban los libros, no podía tomar un tranvía. En cuanto un comentario se filtraba entre las vaguedades de la mesa, se encaminaba a él. «¡Los sacrificios que hacemos por ti!» ¡Qué angustia! «Dejadme en paz con los estudios. Seré obrero.» Lo que sucedió se recuerda. La madre tuvo convulsiones. «No, hijo mío. Pobre hijo mío. Me moriré. No puedo tolerarlo.» Decididamente sería un señorito. La casa seguiría desmayándose de necesidad. Se apretarían como un rebaño perseguido, pero salvándole a él. Luego, rescataría a las hermanas. Esto era la familia. Sería un señorito.

El chico no volvió a protestar. Suspiraban como siempre en la mesa. «Nosotros, aplastados en medio. De un lado, tiranías; del otro, rencores y huelgas.»

Era el comentario vulgar de los pequeño-burgueses; por eso el padre lo repetía incorporándose a la vulgaridad. Las clases medias se habían limitado, como los labradores, a lamentarse del tiempo. De pronto, la madre sufrió un ataque de pasión religiosa. La política se mezcló con las avemarías. «Pobre país, pobre país.» El chico se sintió arrebatado en un nuevo carro de fuego. Los periódicos le daban dimensiones extrageográficas. Conoció cómo los países gruñían igual que en la mesa de su comedor, en las reuniones internacionales de las conferencias. Las naciones venían a menos y las causas eran siempre las mismas: la ambición de unos y la miseria de los otros. Se enteró bien de cómo era un chico de una clase social que aspira a la gran burguesía por el trabajo y la inteligencia, en algunas ocasiones por el fraude, la estafa y la acumulación del ahorro. En ella se reclutan los sustitutos de los millonarios que iban en hileras hacia la muerte. Además, eran el cerebro de la nación. Así se lo decían a todas horas en el instituto. Vio a los *cerebros*: el hijo del boticario con su nariz de trompeta, un hijo de juez con la voz gangrenada por el raquitismo, aquel tonto que vivía tres casas más arriba de la suya, el chico de los bocadillos de queso que tenía siempre papel porque su padre era impresor... Su clase, según su madre, era la llamada a volver a los tiempos ateos la fe, rectificar la historia, derrotar el gran capital y hacerse dueños de una vida mejor. Esto se desprendía de los nuevos predicadores fervorosos. Soñaban. «Entonces tendremos dinero. Comprarás a tu madre de esas butacas cómodas...» No se volverían a repetir esos escándalos de asaltar las tiendas los hambrientos. Era necesario, urgente, que se restableciese el orden para comprar aquellas butacas. La culpa podía dividirse entre los ricos y los pobres: los unos olvidados de la caridad, los otros serviles, rencorosos, pistoleros, maleantes. Las clases medias en ese canal doloroso, aguantando. Ellos, la inteligencia viva. «Vosotros dominaréis la inquietud nacional.» Los lanzaban contra los pobres porque eran pobres ellos mismos y rencorosos y desesperados. Solo les diferenciaba ese origen o esa educación circunstancial de su nacimiento. Llevaban cobardemente planchadas sus camisas y deshilados los pantalones. El chico miraba sus propias hilachas. Tenía hilachas en los pantalones; eso que no llegaban al suelo, sino que se paraban sobre sus rodillas. Unas rodillas informes como piedras. Hasta el verano no le comprarían un pantalón decente. Todo era para él a largas esperas. «¡Qué me importa a mí la inquietud nacional, solo me interesa que los míos no se pasen el año rumiando coles y alubias!» Era un pensamiento de su padre. Le horrorizó que los pensamientos no le perteneciesen y fueran, como la sopera familiar, útiles para todos. Tampoco le preocupaba más que su sopera. ¿Cómo unirla a la de los demás después de la costumbre que tenían de aislarse? Entre los de su curso se juzgaba mediocre al burgués. Rencoroso, usurpador al proletario. El marxismo, una lepra que les deshilachaba las mangas e impedía que los patrones prosperasen y, por lo tanto, ingenuamente, los albañiles y los carpinteros. De este desequilibrio venía aquel olor a col que era el espíritu de la escalera de su casa. Sin marxismo todos hubiesen podido prosperar. Clase media arriba se puede llegar muy alto. Orden. Aquellos hombres que gritaban: ¡revolución!, como energúmenos, eran los culpables. Contra ellos se firmaba aquel documento escolar. Así se pusieron de acuerdo los muchachos, al caer la tarde, sobre la mesa llena de libros, lápices, esas menudas magnificencias de un cuarto cuando su dueño está haciendo la segunda enseñanza.

—Tenemos que firmar el manifiesto. Los de la Universidad están decididos a todo. Han ofrecido aprobar a los firmantes y dar becas. No se puede dudar.

Las criadas cantaban en el patio sin saber que en el segundo jugaban con su suerte. El sereno pasaba la calle encendiendo faroles. Hombres derrengados se apoyaban en el filo de las mesas. Niños enclenques sin auxilio para su mal vendían, a la entrada de los cafés, cerillas y botones. El trabajo del día había entrado para algunos en el área de sombra del descanso. Para otros era el despertar: los tipógrafos, los turnos de noche de los altos hornos, las fábricas de luz, los panaderos... Ninguno sabía que aquellos niños firmaban por siempre su destino. Ellos vivirían dominándoles entre el temor de Dios y la historia de la patria. Nadie se atrevería a moverse. Butacas, casa con ascensor, dos criadas para que la madre no tuviese las manos rojas de lejía...

Todo lo que decidieron lo llevó a la mesa. El padre, la madre, las hermanas estaban allí tan habitualmente como en cualquier ocasión. El chico contaba. Ya no le parecía ninguno molesto: ni el padre, ni las hermanas. Se hubiera aliado con el perchero para vencer. Estaba sublime. El manifiesto volaba hecho candidez sobre los platos. La madre le interrumpió:

—Come bien esa lechuga. Pareces un chico de la calle.

No pudo ser valiente. Era un producto de la contradicción familiar sistematizada. La incomprensión le dolió en esos largos huesos de potro que los chicos llevan en las piernas. Ni él ni ellos se rebelarían nunca. Seguiría triste el camino de aquel hombre cualquiera que había sido su padre. ¡Pequeño-burgués! Habían nacido derrotados. Como estaba en ese momento en que se alzan los telones, comprendió que un hombre no podía llorar y no lloró.

El derecho de la nación

—Será cuando venga la primavera.

—Entonces hasta la primavera, mujer.

Y se marchó por un atajo ocultándole pronto las primeras casas del pueblo. «A la primavera nos habremos muerto todos», se quedó diciendo la mujer mientras el hombre desaparecía. Inclinada de nuevo siguió desenterrando las bellotas que las pezuñas de los cerdos incrustaban en el barro.

Todos los pueblos se forman con casas. La palabra se aplica también cuando son paredones agrietados en formas y alturas diferentes, cuando se ennegrecen y deshacen como polvo los adobes de que están construidos.

Los hombres seguían viviendo allí porque los padres fueron mozos de labranza y los antepasados mesnaderos del castillo. El castillo se agujereó, ya no se recuerda cuando, se volcó, piedra a piedra sobre el patio de armas, se despeinaron sus torres cayéndose en la ojera muerta de los fosos y caen aún hoy que las higueras salvajes y los cuervos lo apuntalan librándolo de la última catástrofe. Podía parecer que el castillo muerto, los vasallos se habían podido encaramar sobre el cadáver y advertir en su descomposición y tránsito los signos de su libertad, pero el castillo, como un muerto ilustre, seguía mandando después de su muerte. Tenía herederos a quienes nadie conocía, herederos que no continuaron, que estiraban la mano en unas épocas determinadas y seguían sangrando los campos como cuando el castillo estaba en pie.

¡Los hombres se habían quedado agrupados allá! Cumplían su misión mansamente, como gotas de agua resbalando entre musgo. Había mujeres y niños. Las mujeres parían y los niños se convertían en hombres. Del conjunto de pequeños pueblos como este, dicen que se forma una nación. Con su dolor, con su ignorancia, con su trabajo, con su mansedumbre, se sostiene el ejército, la marina, el cuerpo diplomático, los ministros...

Hasta la primavera. Llegaría la primavera y se cumplirían las promesas de amor para entonces, mientras las uñas se quebraban contra la tierra recogiendo bellotas. Tenían hambre. En aquel invierno solo habían comido bellotas entre el asombro de los cerdos que hozaban y gruñían sin comprender por qué les disputaban los hombres su pasto.

La mujer levantó el cesto y echó a andar. Un porquero gritó:

—¡Te llevas demasiadas!

—Son cuatro hijos.

—¿A ver? ¡Qué urraquita te hizo tu madre! Trae.

Y le volcó medio cesto sobre la tierra arisca.

—Si quisiera valerme de la soledad sería para otra cosa.

La mujer se alejó contra el viento llevando entre los hombros la amenaza masculina tan pegada que ni siquiera volvió la cabeza.

Así llegó a los tapiales primeros. Un hombre en cuclillas espaciaba adobes al sol. Inútil saludarle; era sordo. La mujer apartó con mano fuerte al asnillo del tejedor que se espantó suave emprendiendo un trote blando que apenas despertaba a las piedras. Lavaban las mujeres en un reguero de agua que filtraba el monte y, más abajo, en el agua jabonosa, los niños mojaban pan. La mujer buscaba a los suyos sin encontrarlos. ¿Dónde podían estar a aquellas horas sino con el pico abierto como las crías del engañapastor? Pero sus hijos no aparecían por ninguna calle y las calles se terminan pronto en pueblos como este. Llegó a la plaza. Unas mulas bebían apagándose en el vientre el sol del camino. Algunos hombres discutían mientras los chicos los miraban. Entre los hombres estaba el de la pregunta:

—¿Te volverás a casar?

—No sé.

—Necesito una respuesta.

—Será cuando venga la primavera.

Se había acercado a la mujer porque era viuda y esas son buenas para hombres tímidos. Ninguno de los dos llevaría nada, los dos se encontrarían en el camino del encinar, las dos manos recogiendo las bellotas que antes se daban a los cerdos y que hoy, con los tiempos malos, se habían vuelto comida de pobres. Pero era mujer brava. Se la veía enflaquecer y amarillear pero no dejaba su desvelo por los hijos, y los hijos, en aquel afán de crecimiento, seguían chupándole la sangre riendo al sol y jugando en la plaza.

—¿Qué sucede? —preguntó al más cercano.

—El recaudador.

—¡Ay, Cristo! Yo soy la más pobre del pueblo. Que tengo una sola mula, señor recaudador —gritó alzándose sobre las puntas de los pies procurando meterse entre los hombres.

No la contestaron. Los más próximos decían palabras incomprensibles:

—Si dan prórroga...

Una gran voz aulló:

—¡Venid a buscarlos!

—¿Qué? ¿Qué es? —Se agarraba la mujer a las blusas grises de los hombres—. ¿Qué sucede? ¿Se quieren llevar soldados?

—Si los quieren que vengan ellos.

El recaudador tímidamente se encogía de hombros, sonreía, adulaba buscando cómo salir de aquellos círculos de ira cada vez más estrechos.

—¿Pero qué sucede? —seguía preguntando la mujer.

—Es el derecho de la nación.

Nadie sabía en toda la plaza lo que era la nación.

¡Pagar! Durmió tranquila. No tenía con qué. Si ya no la fiaba nadie. ¿Cómo la iban a cobrar el aire? Siquiera al aire tenemos todos derecho al nacer. Aunque solo sea un trozo de aire, una isla de aire que corresponde a cada hombre o mujer que camina. Sobre eso nadie puede poner leyes. Se habían dormido sus hijos cada uno con su parte de aire sobre la cabeza y ella se iba a dormir también. Tenía una sola mula y aire. Al llegar épocas de acarreo alquilaba la mula. También la mula tenía su sombrero de aire. Ellos eran libres como la mula, de respirar sin pagar nada. «Es bueno tener hijos —se decía al empezar a dormir apretujándose contra ellos—. Dan calor...»

Como tenían los cristales rotos pronto se enteraron de que el sol estaba sobre el pueblo. Lo que no supieron hasta llegar a la plaza era que la Guardia Civil en número de seis parejas, puesto que hay que contarlos como se cuentan los pollos, se habían instalado en el Ayuntamiento. ¿Pero, qué pretendían?

El jefe se lo dijo pronto a los hombres, que con las manos grandes como hojas de higuera sobre las rodillas se habían sentado frente a él.

—¿Creen ustedes que se pueden pasar treinta años sin pagar la contribución? Me llevaré todos los ganados del pueblo para responder de esta deuda.

Los hombres estaban convulsos. El suelo parecía crujir.

—No lo harán ustedes. Sería nuestra muerte.

—Sí lo haremos. Es la ley.

El motín de la plaza se terminó con una descarga. Protegidos por la Guardia Civil los encargados de hacer cumplir la ley llamaron a los establos. Las vacas salían mugiendo, con desgano, como mujeres a medio peinar; los caballos sorprendidos de la luz querían echar a correr; los bueyes, los terneros, abandonaban con inquietud su calor de estiércol y familia. Gritos extraños, alaridos, voces, crujir de dientes les iban guiando hacia la plaza. Hombres extraños de negros tricornios y mirada campesina los retenían en un círculo que iba creciendo, creciendo hasta que estuvieron todos los animales vivientes desde los cerdos hasta las yeguas. La cárcel se llenaba de hombres, las mujeres defendían las crías nuevas a dentelladas y mordiscos.

—No, esta no, que acaba de nacer.

Pero todo se lo llevaban por delante. Golpeaban las puertas, chirriaban hierros y goznes, los perros corrían entre los pies sin saber si empezar a llorar como los chiquillos.

—¡Sujetad los gallos!

Y los chicos huían al monte con las gallinas contra el pecho, sintiendo un terror inmenso y un amor sin límites hacia aquellas gallinas palpitantes, de ojo redondo, tan tibias ante sus manos.

Las palomas volaron hasta el encinar, y los hombres se echaron al monte sin saber bien para qué podían servirles las escopetas de caza. Parecía como si un huracán abriese y cerrase de golpe las manos, las ventanas, las bocas, las paredes, abatiendo y alzando, descubriendo al sol toda la miseria triste de las cuadras y los establos, sórdidos, malolientes a orín y estiércol y que nunca se abrieron como hoy se abrían.

La mujer no comprendió la orden.

—¡Abre!

—¿Yo también?

—Sí.

Con las manos bailando abrió aquel rincón del zaguán donde la mula tenía la pesebrera. Un hombre descolgó el cabestro y desató el ronzal.

—¿Pero a mí también?

No la contestaron.

—¡Pero yo soy pobre! ¡Pero yo no tengo ni para pan! ¡Comemos bellotas desde hace dos meses! ¡Que me caiga muerta si no soy viuda! ¡Que me caiga muerta si no tengo cuatro hijos! ¡Que me caiga muerta si no comemos hierba de la laguna para cenar!...

Como todo era cierto, la mujer no cayó muerta de repente, sino que siguió calle arriba con los cuatro chicos detrás aullando todos, perdiendo el aliento y el alma detrás de la mula.

—¡Ay, mulita! ¡La mula más guapa del pueblo! ¡Ay, qué castigo que no merecemos!

Y se formó como una voz unánime que parecía quedarse igual que un gran bloque de voz sobre el pueblo y que nunca se podría callar. Solo la iglesia se quedó muda. La única casa estéril y muda en aquella protesta porque «su reino no es de este mundo»...

Arreado por las culatas de los guardias civiles y los embargadores el tropel de ganado echó a andar.

—¡Hay que seguir al ganado!

Y todas las mujeres echaron a andar. Sonó un tiro. Una vaca herida se desmandó corneando.

—Si, matadlos antes de que se los lleven.

—¡Atrás! ¡Fuego!

Retrocedió la avalancha de mujeres y chiquillos. Los animales, grupa contra grupa, trotaban entre los fusiles de los guardias.

Algunos hombres siguieron disparando. Disparaban con perdigón lobero. Cayó una vaca grande, inmensa con un gran vientre blanco, tierno y las cuatro patas muy abiertas. Luego un caballo. La mujer, sin cesar, agarraba guijarros y los tiraba sin dirección ni puntería y todos hacían lo mismo frenéticos, con espuma en los labios rodeándoles las encinas en los ojos. El hombre de la pregunta: «¿Te volverás a casar?» alcanzó a la mujer.

—¡Mata la mula! ¡Mátala y me caso contigo mañana! —gritó la mujer al hombre que debía esperar hasta la primavera. Un disparo y la mula herida pataleó quejándose entre nubes de polvo.

—¡Así! ¡Así! —aulló la mujer.

Y con una piedra grande que casi no podían levantar sus brazos hambrientos empezó a machacar la cabeza de la mula, con el pelo tendido metiéndosele en la boca, salpicada de sangre y de saliva entre los disparos de los guardias civiles rodeada de sus cuatro hijos machacando también, asesinando furiosamente.

El tropel de animales ganó la carretera. Detrás quedaban el castillo y el pueblo. Del conjunto de pequeños pueblos como este, dicen que se forma una nación. Con su dolor, con su ignorancia, con su trabajo, con su mansedumbre se sostiene el ejército, la marina, el cuerpo diplomático, los ministros...

La meada

Era violento rechazarlo. Cuando no se tiene un pico de pájaro o unas patas de perro se está sujeto al agradecimiento hablado. Pero no podía aguantarse su tristeza. El pelo, en catarata oscura, se le derramaba por los ojos y el título: ATLAS GEOGRÁFICO DE ESPAÑA se escondía detrás de las ondas. Se había propuesto interponer su voluntad entre él y los libros. Los odiaba antes de aprender a volverles las hojas. Se había negado a mirar las estampas de los libros abiertos en los escaparates. Preveía un engaño más y se defendía con fiereza. No sabía leer.

Aquel atlas entre sus manos rencorosas era otro esfuerzo de los del partido de enfrente para conquistarle. De aquellos, adivinados a través de las ventanas y los vidrios de los automóviles, que lo necesitarían más tarde como carne de cañón, como unidad de trabajo, y que él adivinaba indiferentes a su infancia, distintos. Cuatro damas de esparto y luto le tendían el libro y dentro, al acecho, los mares y los ríos, las sierras y los golfos, las islas y las penínsulas rosadas aguardando el paso de sus ojos para imponerle sus nombres. Allí estaba el mundo rosa, verde, blanco. Los puntos de las ciudades se ensanchaban hasta enseñar iglesias, parlamentos, museos, torres de piedra y tejados de lata podrida, como los que el chico rodando por las calles conocía tan bien.

Confusamente, él sabía que había fábricas y rebaños y que aquella extensión azul con letras en el lomo curvo de los mares era el lugar de los barcos. Pero no quería abrir los ojos y nacer en las hojas del atlas, ni enredarse en las letras —GEOGRAFÍA— que le estaban acechando.

—Este niño es tonto.

Cuando Eusebio abrió los ojos, se encontraba en el salón desnudo, despiadado, de las Escuelas Catequistas. ¿Qué importa que los brotes de los árboles entren por las ventanas si un niño se ha propuesto resistir al mundo exterior? No se dio cuenta más que de la risa de los otros chicos que esperaban con la boca de par en par su turno para los regalos. Quiso irse, pero no se fue. Una muchacha vestida con resabio miró sus pantalones y sus botas huesudas de elefante.

—Tiene cara de perro.

Entonces le dolieron las córneas, le picó la nariz distraída; todo aquel cuerpecillo hecho con desgano al volver del trabajo, sintió chirriar su orgullo como un cohete que se remonta. Él sabía muy bien que si era feo la culpa la tenían aquellos trajes, aquellos pantalones sin origen y las puntadas ¡tan largas! que daba su madre en las camisas. ¡Un perro! Cuando tuvo que ir a pedir la comida al cuartel, en aquella época de hospital del padre, le habían llamado también perro.

—Come como un perro hambriento.

Aquel día, un preso que cuidaba el jardín de la cárcel le dio una rosa. Hoy le regalaban un atlas... Miró a la señorita con sus ojos de lata rojiza y no supo pensar de qué tenía la cara. Quiso encontrar algún animal raro que él hubiese visto. Pero Eusebio no imaginaba rápidamente, y ella, al notar que la miraba, volvió la cabeza. Creyó sentir en los otros chicos un desprecio por su pelo de escobón de fumista. A ellos les habían lavado antes de acudir a recibir la limosna de Reyes; a él lo habían dejado igual que para ir a comprar patatas. La madre tuvo que asistir a una vecina que se le ocurriera precisamente ese día tener un hijo. Y sin más lavados ni arreglos, los siete hermanos, después de comer, se desparramaron por las calles, a voleo, del brazo de la libertad. «Ven, que hoy hay regalo», le habían dicho los del barrio, y él, como un verdadero perro, entró siguiéndolos, en aquel salonazo donde cabían varios solares.

Salonazo, sí. Él conocía bien los solares y mal los salones. Diez años entre sus vallas dan derecho a una licenciatura en la miseria. Junto a su puerta vivía un trapero. Era en realidad el solar el feudo de un trapero. Con los hijos del trapero robaban los objetos brillantes que quedaban de la rebusca y jugaban debajo del catre a las casitas y los comerciantes. Su madre quería hacerlos entrar en alguna escuela. Pero no había sitio. Además, él no estaba muy dispuesto a aprender a leer. La vida se le revelaba lentamente. Sostuvo una lucha terrible con un gato, y durante días y días se lo contó a los amigos, diciéndoles: «Nunca he visto un gato más orejudo». Otra noche, el padre, después de leer el diario que le prestaba el tabernero, le hizo salir bajo una lluvia de goterones anchos que le palpaban el pecho y los hombros. Sintió frío. Le persiguieron frailes mendicantes con cazuelas rojas que se alineaban en cuarteles de nubes. «Hijo, ven.» Se llevó a la boca patitas de gato, suaves, dulces patitas de gato, sentado sobre un gran montón de escoria donde invitaba a todos los chicos que pasaban: «Vamos, ya es hora de repartirnos los tesoros». El tren se precipitaba sobre su pecho y el niño se volvía un trozo de carbón brillante que incendiaba un prado.

Contaba todas estas cosas lentamente, recordándolas con fatiga. Pero los chicos sabían muy bien que Eusebio no tenía sobre qué caerse muerto y que su padre no encontraba trabajo. Una sopa con unas cuantas hojas de berza de esas descuidadas que se vierten de los carritos de verdura, unas patatas los días de buena mano para pedir los pequeños limosna, sazonaban sus comidas. Pero, como los huesos son ciegos, seguían aumentando con los años. Los chicos crecían. Los árboles y las yerbas tienen agua. Agua pura que cae brusca o suavemente según las estaciones; pero aquellos siete chicos que tenían que verdecer también debían ir a buscarla a la fuente. Como solo eran dos los mayores, ellos alternaban con los cántaros. Por haber tenido que hacer eso tantas veces, Eusebio cerraba los ojos y no quería mirar las letras de los libros.

La fuente no estaba muy lejos, frente a una escuela. Muy niño, con aquel cántaro tan pesado que le doblaba las piernas raquíticas, miraba impaciente a los chicos del colegio. Él quería también un cartapacio con cordeles, unos pantalones azules, un cuello planchado como una paloma bajo la barbilla, zapatos fuertes y los dedos manchados de tinta morada. También se podía llevar sucia de tinta la lengua. Los tranvías pasaban por la calle, y el cobrador, de paño azul, se bajaba a cambiar la aguja en la curva donde estaba colocada la fuente. Entonces, Eusebio hablaba con menos torpeza y decía a los chicos:

—Todos hacen algo, unos esto y otros otra cosa.

A él le gustaba ser tranviario. Pero un día se enteró. Salían del colegio los chicos con los libros sobre los riñones. El cántaro se llenaba precipitadamente. Uno de los chicos se acercó.

—¡Quita eso, tiñoso!

Después, con la punta de la bota lo echó a rodar contra el reborde de la fuente. El agua se desangró, quejándose, entre trozos de barro puntiagudos. Eusebio no estaba enseñado a protestar. «Ten al niño. Cambia a tu hermano el pañal. Búscame un alfiler. Saca la sopa», y, por lo tanto, vio, sin hacer un ademán de defensa, marcharse al asesino con la cara goteando agua por la barbilla. Pero ya no volvieron a interesarle aquellas grandes promesas colgadas de alcayatas en los muros de la escuela de pago. Ni se asomó más a las ventanas... En su escuela no había sitio. A todos los pobres analfabetos se les ocurría de repente que sus hijos podían aprender a leer. Todo rebosaba de chiquillos: la calle, las traseras de los autos, los tranvías, las casas. El trabajo disminuía. El padre se quedó sin él a su vuelta del hospital. Parecía hecho de planchas sueltas de cobre, todo él frío y oscuro. La casa también se iba helando poco a poco. La madre ni tenía tiempo de saber si a sus hijos les crecía la barba. Se hubiesen sentado a la mesa con grandes bigotes y la madre impasible hubiera continuado royendo pan. Mejor sería no ver todo aquello. Y Eusebio no lo miró. Sabía que si miraba robaría, que si veía un tren no volvería más, que si encontraba el mar nadie podría detenerle, y era tan torpe...

—Saluda, no seas descortés. ¿No entiendes que estas señoras te han regalado un libro?

Los chicos iniciaban la salida hacia la calle. Él se quedaba parado, sin comprender por qué tenía que dar las gracias donde le habían dicho «cara de perro». De pronto levantó el hocico y sacó la lengua larga, muy larga, a las señoras de luto, a los Sagrados Corazones de las paredes, a los bancos, a la vida... Se apoyó en la barandilla de la escalera, la bajó en tobogán y en la esquina inmaculada de la portería de las Damas Catequistas levantó la pata como los perros y les regó su ira, su odio, su impotencia, su fracasada infancia proletaria.

FÁBULAS DEL TIEMPO AMARGO

Soledad, ¿por quién preguntas?

Un cráneo. Sobre él han ido clavando caracoles y piedrecitas azules.

> *Doncellas tejen*
> *con intestino humano.*
> *Cabezas humanas*
> *cuelgan como pesas.*

Estoy lejos. Me he desplazado y la única probabilidad que tengo de que me admitan es sentarme a tejer, levantando los palos caídos en el suelo, de donde cuelgan los estambres abandonados, afianzarlos en la horqueta y hacer volar la lanzadera. Estoy desnuda, tengo los pechos firmes y no necesito aún las bandeletas de las viejas atadas a los hombros. He llegado a tiempo. Las mujeres están soplando los fuegos y los hombres, de caza. Abruma la cantidad de alimentos que exigen estas momias flacas de cuello, ocupadas en hacer rodar la piedra de moler sobre las semillas. Sé que no era así, pero no puedo acordarme de qué manera me entregaban el pan de la comida.

Los niños, esos inevitables, han despanzurrado algo que no veo, pero tampoco veo a los niños, los oigo. Detrás de las construcciones de mi derecha gritan. Sube sobre los techos vegetales, vapor, sudan humo, alguien cocina dentro. Las aguas de un torrente están cerca, las huelo, pero si pregunto a una de estas gallinazas levantaré odios, golpes, réplicas acervas. Que nadie pregunte si no está seguro de la contestación porque hay que evitar la puñalada de las respuestas. Me quedo quieta. Vuela una mosca, viva de otro tiempo y estoy yo. Bordonea. Usa alas gruesas de caballo. Estamos solas la mosca y yo. Cuando detengo la mano, se posa, si tejo, huye. Sé que es la misma de mis otras edades. Entraba por el balcón, giraba, estorbaba, la perseguíamos... Los grandes ojos de los insomnes la veían siempre. Pero no puedo encontrarla en mi mente porque ya están ahí, ya regresan y oigo que las mujeres se apasionan, amasando. El humo tiembla en entredicho. Baten palmas. Vocean. Insisten en agitarse. Me abstengo. Es un frenético venir de pies desnudos que se agranda, sube como se alza la luna con cierto apresuramiento de sangre. Presiento que no me verán, pasando de largo hacia otra virgen. Todas aguardan. Consigo casi desvanecerme... Pero ahí quedan mis manos y mis ojos brillantes. Queda la denuncia en el aire apoyada y pasará el tropel y me verán. Busco quitarme de en medio, pero rompo a sudar arena gruesa salada y la ve el primer cazador y se inclina y la prueba; el segundo cazador la recoge en el hueco de la mano; el tercer cazador... Cuando todos me han gustado, forman el círculo y yo, en el medio. Giro. Algo buscan, porque se acercan y se alejan. No sé lo que quieren y cada cual deja delante de mis pies un animal muerto que me mira.

Estoy cercada de reguerillos de sangre, saltan recalcando la tierra como si la llamaran y se han pintado buscando enternecerme. Todos se creen victoriosos, dispuestos a devorarme gota a gota. El alto destello de las lanzas me obliga a parpadear y entreveo la última bestia que me ofrecen atada. No sé por qué al reconocerlo aúllo. Las viejas mujeres de los rincones y las jóvenes desdeñadas quisieran morderme, y yo lo veo todo sin dejar de crecer, porque el miedo me da un pedestal. Las cabezas de las bestias gimen, colgando. Cantan:

Doncellas tejen
con intestinos humanos.
Cabezas humanas
cuelgan como pesas.

De un golpe ponen a la bestia mayor en pie. Es un hombre. Las doncellas se agrupan. Los cazadores las sueltan en medio de la plaza y sus chillidos me duelen como duele el dolor del Rey a las viejas moledoras que se acogen a los zaguanes... El Rey-rey está de rodillas. Lo pinchan. Lo hienden. Lo levantan. El Rey-rey, sin verme, me ha rozado con el aire de su aullido. Busca, busca. Las doncellas corren con espanto y el Rey-rey de aquí para allá, ciego, con los brazos tendidos. Da tumbos el Rey-rey en medio de una gallina ciega, sin infancia, huyendo todas las criaturas hacia los resguardos, mientras los hierros aguijonean las grupas. Las doncellas huyen, olvidando sus collares que cuelgan por sus espaldas. Cabellos y cuentas. Yo estoy desnuda sin collares, con el pelo corto caracoleando en las sienes. Nadie es capaz de correr como yo lo hago, un pie siguiendo al otro, los dos, cada uno con su piedad. El Rey-rey gime ferozmente viejo y cansado. Pasa como un toro, sin rozarme. Lo enfrento con la bondad, no acierta; con la generosidad, pasa sin verme; con la compasión y el Rey-rey consigue solamente llorar porque está en la plaza inmensa de su destino, ciego.

Silencio de astros en eclipse ha sido. La mano del Rey-rey tocó mi pecho y todo se detuvo clavado, todo se quedó en imagen, todo se contuvo en el aliento fosforescente de la selva.

Así nos dirigimos hacia el lugar previsto, lejos de la calavera incrustada de caracolas y piedrecitas azules. El Rey-rey depositado en mi mano, yo, delante, abriendo el sueño hasta la choza donde nos sentamos cada uno en nuestro escabel, oyendo cómo la puerta se cerraba para siempre.

Solamente la mosca de gruesas alas de caballo quedó dentro, zumbadora, pesada. ¡No, no, nadie! Abrí la pajilla con el dedo para que saliese nuestra soledad. Entró un lucero. Se sentó el Rey-rey y yo apoyé sobre sus pobres rodillas mi cabeza. ¡Qué clara redención acompañarle! ¡Yo nada sabía de él, él nada sabía de mí! Todas las palabras inútiles se disolvieron en el pequeño rayo de luz que tapé con la mano. La soledad preguntará por mí y nadie, nadie sabrá responderle.

Comed, comed, que ya estoy invitada

Iba a desangrarme. Yo lo sabía y levantaba la cabeza ofreciendo el cuello, sabiendo que aquella postura de sacrificada favorecía con su inclinación la llegada del cuchillo. Era absurdo y triste doblarse así, después de haber corrido medio bosque haciendo jadear a los monteros. Pero siempre es triste la cautividad y la derrota.

   ¿Cómo es posible dejar todo detrás, perderlo? Al comienzo el corazón se achica hasta los hilillos indispensables, pero después afluyen los torrentes y se dilatan las acequias de la vida, levantándose los trampones para que todo el cuerpo hierva. Y justo sucede todo esto el día en que el encantamiento del sol hace del bosque nuestra casa más inocente. El agua antigua lo ha cambiado en abundante despensa. Al alcance de mis belfos están los frutos de oro. Imágenes suficientes apasionan la vista, justo aquella mañana, y olvidamos todo para mirarlo todo tan exacto, hasta la orden de nuestra derrota. La Creación entera olvidaba que habían nacido también la ira, la cólera, el escarnio, la venganza. El mundo de los ricos y los pobres resplandecía del mismo sueño y nadie recordaba las caras de las víctimas y menos los vientres vaciados ni las caritas principescas de los cervatillos asesinados. Nada hay más sencillo que olvidar. Los viejos sueños de los árboles centenarios que llegan en flor hasta las copas eran acariciados justo aquella mañana limpiamente nueva. Eché a correr, atravesado el sueño por tanto amor, recordando en la huida únicamente la luz de la hierba que se quedó en mi belfo, pequeña espada verde. Yo la había arrancado besando su hocico suave, más que la inocencia de un minuto, acababa de desposarme en las veredas que el hombre ignora, llevada por la velocidad de mis cuatro cascos, diminutas nueces. El Universo parecía dejar sus violencias para otra ocasión y yo, enamorada, incliné la cabeza en su resguardo. ¡Oh, la juventud de mi aliento, la nacida noche de mis ojos con sus dos lunas, inabarcable horizonte de mi placer! A lo lejos la suerte estaba echada a rodar sobre el tapete manchado donde dejan los hombres caer los puños y la fiebre. Nada como ese instante sordo en que las puertas se abren solas con la mala noticia, nada como el asesinato que se ordena. Yo sé que un mismo sol tejía los ramajes, un mismo aire, más generoso aún, entraba en lo entreabierto de mi bosque, desplegado en todas las alas igualmente musicales. ¿A quién le importa un insecto? ¿A quién las manchitas de nuestra piel, si en ellas las balas se centran solas? Estábamos en el mismo mundo, dormíamos con la misma boca abierta, amábamos con temblor igual y, sin embargo, ellos eran ellos, y nosotros, nosotros.

No sé quién dio la señal ni dónde. Comenzaron a sonar las trompas. ¡Corre, ciervo, huye! ¡Corre, corza, todo ha terminado! ¡Los juegos del corazón libre han terminado, concluido el rumor que protegía nuestra hierba, concluida la miel que caía de las hojas! Iba a comenzar la esclavitud para chicos y grandes del bosque. Aullábamos en círculo con el temblor de los que no comprenden. Caían antes de tiempo los cuchillos de caza. Huir, pero quedarse. Huir, pero volviendo la cabeza. Los débiles, inmóviles entre las patas de los perros, que casi no se atrevían a morder. ¡Un día más!, pedíamos. Corríamos, suplicábamos un día más de sol. Nos conformábamos con un día más. Nada más.

La grasa del convite chillaba, dispuesta, encendidas las luces del banquete sobre la mesa, que sin comprender, había visto cómo extendían para trinchar sobre ella el sueño extraño de los libres. Yo no era mi fatiga sino la suya, la del chacal, la del león, la de la pantera picoteada. Hubiera querido morir y no correr, pero corrí con mi briznita de hierba verde entre lo blanco, beso del amor interrumpido. Llevaba puesto el extraño traje del bosque, saltaba las matas frescas, los hongos sin veneno, los arbustillos cautivos de raíz y mientras todo se dispersaba en ráfagas yo seguía a mi pueblo curvado. Los pájaros habían dejado de cantar. Los brazos de los árboles no consiguieron protegerme. El mismo sol juntaba sus manos y las mías. De un solo golpe me abatieron los monteros... ¿Dónde está? ¿Cayó la infame bestezuela? Los guardianes del orden ataron dos a dos mis patas finas, y un solo latido me dijo que no hay mayor desconsuelo que perder, gota a gota, la sangre sobre la tierra que nunca jamás volveremos a pisar...

Es sencillo para las trompas de caza aparte tocar la victoria. Sones ágiles y picantes, pequeñas morde- duras sonoras en mi piel y mi piel cayendo del rosa al gris de las desolaciones, pobre paloma, tornasola- da en la última cacería de la tarde. Entramos en el castillo de la mesa servida. Esos que ven siempre de lejos los ojos de los pobres me metieron por la puer- tecilla de los desangrados, iba en hombros, después de haber pasado la noche ante la hoguera de la mon- tería. La puerta cerraba el paso de los vientos y en el cocinón me tiraron con la panza tensa por la muerte. Fui reconociendo los ruidos: los timbales de las ta- paderas, el flautín de los hervidores, las fogatas de las salsas y el mortal canto de los cuchillos. ¿Todo aquel aderezo lo preparaban para la pobre corza del bosque, apenas un eco, una hoja seca...? Tenían hambre y me tocaban con el pie. Uno, con la mano derecha, me golpeó el rostro. Llegó el instante de las ollas y vi entrar a mi madre. ¡Nunca estuvimos más lejos! Ella echó sal sobre mi traje; ella echó pimienta sobre mis ojos; ella dijo de rodearme de laurel, hier- babuena, mejorana y tomillo; ella con su cabeza en alto para no ver la sangre... En el límite del silencio recordó: ¿No ha vuelto mi hija? ¡Siempre rondando por el bosque con las ratas! Ofendida giró después de palpar mi hocico helado. ¿Qué es esta briznilla de hierba? Salto hacia atrás, mordida. ¡Maldita corza! ¡Una sierpe! Aullaron los perros anunciando a alguien que llegaba vestida de blanco, desposada y virgen. Era yo que me adelantaba por el camino del festín y nadie parecía reconocerme. Si no me ven iré a sentarme junto al fuego para oír lo que cuentan del fin del bosque los narradores. Me gustan los perfiles de los monteros cuando cantan en las vidrieras. Hoy se alabarán de haberme exterminado. Yo puedo rozarles con mi manga para recoger de sus labios la sangre de mi gente y enterraré las gotas para que no despierten a los niños de noche. El festín puede comenzar.

Todos toman asiento. Hay jerarquías, preferencias, disimulos. Falta mi hermano, con sus ojos celestes, y su mujer, cierva oscura, y los amigos que por él se matan. ¡Gente de orden! ¿Dónde están?, dice mi madre al sentarse. ¿Y los perros? Aún cazan la corza, dice alguno. Yo la oigo pulcramente sentada junto al fuego, atizando las brasas, recomendando precaución a los rumores. ¡Que se callen todos!, dice mi madre. ¡Estoy oyendo llorar a la corza blanca! Los monteros ríen, tocándose los codos: Estas viejas lo que fastidian. Desde las azoteas tocan los cuernos y al tercer toque mi hermano ha respondido: ¡El cocinero la está trinchando! Todos se han santiguado. ¿No la oís llorar?, insiste mi madre en los límites de los años. Pero todos están alegres y aplauden cuando aparezco tendida en la fuente de plata, con mi gracioso hocico apoyado en el borde y mi brizna verde del amor perdido. ¡Ábranla, ábranla, y verán! ¡La hemos llenado de pajaritos, colmado de alondras y libélulas! Yo, con todos los curiosos, me acerco a verme. ¡Oh, dulce reinecita de los bosques, ya no soliviantarás más hormigueros con tus trotecillos sin causa ni fin; ya no comerás los brotes de los sauces ni cerrará tu amado contra ti, bajo el testuz violeta; los veranos serán el mismo invierno y el mundo que recomas, arreglándolo junto al viento libre, se cubrirá de esparto! ¡Qué bien mete el cortador el cuchillo! ¡Mirad desangrarse a la corza! Mi hermano se detiene halagado y redondo. ¡Sigue! ¡Sigue!, le digo y no me oye, riéndome de su flaqueza. Mi madre insiste torciéndose los dedos: ¿No la oís llorar? Diversiones de hombres, murmura mi nodriza. ¡Mi hermano y su cuchillo! Le toco el hombro. Él no sabe que acabo de encontrarlo después de aborrecerlo, cuando me llega al corazón. ¡Tiene cabellos rubios y senos de muchacha!, comenta un amigo. Río para mí y paso adelante y me siento a ver desfilar los platos llenos de carne del bosque. Relucen las grasillas. Mi madre ha rechazado su porción. ¿Dónde está mi hermana? Nadie contesta. Un hábil tañedor tañe y canta la hecatombe. Casi no entienden, porque la gentecilla inferior muere sin nombre y el cantor tiene prisa por nombrar a los ilustres monteros que arrasaron la vida de mi vida. Cruzan bromas sobre mis carnes blancas. ¡Carne de criatura! Y se relamen. ¡Ni los huesecillos dejaré! ¿Y mi hermana?, insiste la voz que bien conozco. Tu hermana... El tañedor se detiene bruscamente. Soy yo la que canta:

> Comed, comed
> que ya estoy invitada;
> mi cabeza, en la fuente,
> mi sangre, en la cocina.

Nadie me ve, pero me oyen todos. Oyen levantando sus inmundas barbillas grasientas. Hermosa novedad, murmuran sin asustarse. Y así van sorbiendo hasta mi último dulzor, sin darme importancia.

La cabeza, desdeñada por todos, ha quedado en mitad de la fuente. ¡Esa soy yo!, les grito. Como nadie me escucha agarro mi cabeza y desaparezco del salón del banquete sin dar a nadie cuenta de mis actos.

El viaje

Me metí a discutir con el Zorro y el Lobo. Bajó el Águila. Era una pesadilla delirante el responderles. Me acorralaban con sus artimañas, enroscándose las colas bajo el asiento. Todo se concluía. Acabados los veranos en semicírculo, acabada la dulzura de sorber las calles recién barridas, acabado de visitar uno a uno los sentimientos. Yo te llevo, me susurró el Águila. ¿Adónde? Más allá, donde siempre se encuentra el más allá. El Zorro se había colocado entre los dientes una hoja de rosas, con ella me daba consejos. Yo lo oía, traspuesta. El Lobo, concluido su primer banquete, enmudecía. Levanté de pronto mis brazos al cielo: el pacto de los hombres con la vida ¿dónde estaba? ¿Toda destrucción consumada sin que bajasen un ángel ni una diosa? ¿Hacia dónde resonaban las mandíbulas de los ogros? ¡Unas ropitas decentes por amor de Dios, para poder pasar por rico! La desbandada de los descalzos se hacía sin orden de preferencia. Su rumor caía por la canal de mis huesos amontonados, sordo ruido de nieve o de ovejas o de adioses. Callados como una estampa de las que lloran, los huidos, huían.

El Zorro, y el Águila y yo y el Lobo ahíto, solitario entre sus estados mayores, nos superponíamos, rotos los equilibrios antes permanentes. ¡Roto, todo roto: las cartas, las manos, los almanaques, las distancias, las largas cabelleras azules...! Por los muros fríos, silenciosas quedaban acurrucadas las palabras, queriendo hacer pasar desapercibidos sus significados gloriosos. Las casas, cortadas a tijera; los últimos suspiros, humeando, juraban no morirse antes de tiempo. ¡No te vayas! ¡Mientras estés tú! ¡Anda, quédate! ¡Volverás a ser niña! ¡Irás al colegio! Te llevará el Zorro todas las mañanas. ¡No llores! Nadie puede verte llorar puesto que sueñas. No llores, manchas tu valor. No llores, es tonto, todos están haciendo lo mismo. Por dentro de mi corazón las manos del Zorro pretendían ordenar mis sentimientos; aquí el amor a lo que fue tuyo, aquí el amor a lo que oíste, aquí el amor a lo que probaron tus labios, aquí el amor al amor... Con sus patas perturbaba mi morada de fe limpia. ¡Crédula!, ¿y ahora? Así que yo no sabía dónde ocultar a sus patas mi amor por la justicia. Al griterío de los que suplicaban se añadieron las voces de mando de los terribles. Habló el Águila. Todo terminó, vamos, déjate llevar, arréglate como puedas entre mis alas, así es el fin. Me senté entre el plumón del Águila como me decía, desafié al Zorro con la mirada, escupí al Lobo, miré apasionadamente los tejados, los árboles partidos, las imágenes que quedaban en los espejos; mis manos en sus manos, los besos peligrosos, la amistad del romero, la mejorana, los tomillos, las jaras, los cantuesos de los montes... Y aquella caravana ¡tan alegre! Los magníficos teatros entre dos árboles, las réplicas ante las velas contestadas por las explosiones, la improvisación feliz en el regazo militar de las miradas. ¡Entra de nuevo en mí, pasión de vida, resplandor, equilibrio! ¡Solo con mi tormento de soñarte puedo escapar al tormento de dejar a aquel racimo de uva juvenil que bebí! No dudo que los días mejores han concluido. Entraron uno a uno en el reloj del fondo de los tiempos.

Las nubes saludaban al Águila y yo seguía tendida sobre mi tierra, abrazada más que una amante estuvo nunca, sollozando de desolación. El tiempo transcurría con sus pies descarnados. Nada era cierto ni del todo incierto, la curva del amor aún posaba su doble palma en la palma de mi mano, y así, masculina y femenina, juraba fidelidad sobre el libro del aire. ¿Qué quedaba de mi juventud, de mi pasado? ¿Solo esa falda de inconcreto negro con su poco de tierra que el aire iba a barrer? Hablaba, dirigiéndome a los que no podían alzar vuelo, a punto de ser injuriados, con su fin mortal cerca. ¡Qué pesado es el oro sobre un mapa y las cruces y los entorchados que se contonean! El sol se había cubierto. Nuestra juventud iba a brillar sobre el pánico desbordado.

Así lo vi bajo las alas del Águila en aquel país que asesina sus poetas. Los golpes comenzaban a resonar, sin poder ser devueltos, y en la oquedad de la confusión, las mujeres pensaban en venderse para comprar la vida. ¡Ah, que los niños nazcan con uñas de acero! Grité al oído del Águila. ¿Qué, qué?, me contestaba sin oírme. Pasaron los naranjos de adornada cabeza redonda, los encintados de las acequias, la mínima vida de los huertecillos de los muertos, el mundo de mis gentes dentro de las piedras amontonadas por las generaciones, algún humo aún tranquilo, el sueño de la geografía... Mis ojos conocían los parentescos de las piedras, la armoniosa claridad de los valles, el grito del castillo, la mansedumbre de los surcos huyendo... Yo no quería ver la clara vida verde bajo las alas, pero todo estaba quieto, tranquilo. Era el secreto impávido de lo que sin mí iba a permanecer: los duelos, las fatigas, el árido color de las noches, los bordes de los lechos desarreglados de improviso, la muerte involuntaria, las auroras llegando por costumbre a abrir las flores, la voz que iba a quebrarse al ser interrogada, el ruiseñor de mayo, la alondra de agosto, la perdiz de septiembre, todo cuanto sucedería en mi ausencia golpeaba mi corazón. Pobre puño de angustia confiado a unas alas... ¿Cómo pude salir de ese círculo sin respuesta? ¿Qué milagro me llevaba, confundiendo tenacidad y miedo? El viaje había comenzado. Pronto el Águila avanzaría en lo desconocido, dejando para otra ocasión mi realidad. Por eso yo apretaba mis ojos contra el vuelo, convertido en lagunas de llanto. Si los hombres son capaces de quererse, si un ancho cauce se abre de corazón a corazón, allí estaba abierto en cruz, doloroso y amante, lana sacrificada de nuestros mejores corderos, hilo azucarado del telar, mimbre puro de cuna, acero desangrado, zapato perdido, convulsión de la máquina, acento de la aguja, aurora de las letras, silbo del hacha, numeración de amor. ¡Adiós juego amoroso y sus colores! El castillo de penas ha tendido el rastrillo para que se amontonen en sus vísceras todas las melancolías. ¡Entrad, entrad!, les dice el Zorro a mis amigos. ¡Entrad, no será nada!, el tiempo es un suspiro. Y el Lobo y otros de su pelo juzgarán a los puros de corazón por sus deleites de amor delirante y condenarán las obsesiones de los hambrientos: la visión de la esperanza; la no colmada sed de justicia; los atroces rencores rezagados; el sueño soñado al amanecer... ¡Castillo de penas unas sobre las otras, con los párpados pegados por lágrimas! ¡Dolor de no acompañarte, congoja de haberte abandonado!

La sombra del Águila iba a quitar tierra por mar. Se escarolaban los escollos, volvía el atlas, se recreaban los ojos en la camisa de encaje que se pone la tierra. Imposible que sea verdad que se vuele en lo oscuro, mentira el cielo de orilla a orilla y más mentira yo, susurrándole al pájaro: ¡Volvamos! ¿Dónde me llevas? Era lo mismo de inútil resbalar que quedarse. Bastaba resbalar por las alas, caer sobre el campo. Los de abajo me mirarían como un raro presente, pero pronto dejarían de hablar, pues no hay que hacerlo cuando extiende sus artes la guadaña llevando tantos hombres a la rastra hacia los agujeros donde los valientes concluyen. Me moví. ¡Cuídate, llegamos al mar! Al fondo, a los navíos. ¿Y todo va a acabarse? ¿Y todo ha sido un sueño, carne de sueño, luz muerta? Sigue, Águila, no te canses. He dejado allá abajo hermanos y hermanas hermosas como el que más. Puede que me estén buscando. ¿Y quién les dirá dónde estoy? El Águila, cada vez más furiosa, no quiere responsabilidades conmigo. ¡Anda, Águila, mira una última vez con tus ojos de lentejuela! Mira la desgracia aclimatándose en los pechos, mira a los míos asomados a las ventanas. ¡No me puedo apartar! Se han quebrado las copas de los vasares de lujo y van a castigarlos. Sé que deliro, porque oigo hablar al sol. ¡Aprisa, aprisa! —dice—. Voy a cerrar la tienda. Su corola, al plegarse, trae un furor de pájaros. Águila, ¿serán pájaros? Ni mirar con tranquilidad al cielo podemos. El ruido de las alas nos rodeó como un collar. ¡Seguidnos! ¡Vamos a pasar a otro continente! Cantaron ¡últimos pájaros de mi habla, traedme una hojita del olivo más viejo, una briznita de mi hierba! Mirad que no me llevo nada de lo que era mío. ¡Un poquito de tierra! Casi no podía respirar, subíamos y dentro de mí giraban todas las tardes firmadas en los bordes, todas las maneras de hacernos entender y querer, todas las sorpresas de los corazones sin bolsillos secretos y los oídos me zumbaban de amor... El Águila viraba en redondo, con su buena compañía de alas. ¡Dulce Águila! ¿El mundo fue y ya no será? Yo sé que los constructores de cadenas van a eslabonarlo en círculo y nadie se podrá quitar la argolla. Mira, abajo quedó el mundo que fue con las manos suplicantes y los senos abiertos. Déjame oír la nueva tempestad. ¡Baja hasta cualquier torre, cualquier árbol! Pero los pájaros nos empujaban. ¡Te protegemos, gira! No mires lo que ocurre. Vamos a salvarte en el último crepúsculo.

Corrían las nubes. Crecía la asfixia de los futuros

moribundos y los que huían buscaban salvar algo: un rincón de juventud, un invento de la infancia. Las imágenes desfilaban ni alegres ni fáciles. Trotaba todo en una memoria de existir sin límites. Así el cielo, recamado de nuestro afán, huía y huíamos para no dejarlo al Lobo, para que el Zorro no lo describiera con su pluma.

Los pájaros deshicieron su círculo y, sin poder precisar por qué nos abandonaban las golondrinas y las gaviotas, quedamos en el vacío del último límite, allá donde comienza la caída. Águila. ¿Qué ocurre? ¿Quién te amenaza? Yo te ofrezco mi pecho para tu cabeza de pluma. No pude seguir hablando. Una ráfaga de plomo había quebrado mi sueño. Ay, esa pequeña fracción de segundo con que cuenta la libertad. El Lobo, abajo, reía. Daba órdenes. Era todo charol. Bailaban en la tierra, al vernos descender. El Zorro ya preparaba volantes sobre nuestra captura. ¡Oh, Águila, dame tu ala rota! ¡Déjame ponerte mi mano, que fue fuerte, sobre tu dolor! Sus alas se abrieron en un delirio de confianza mientras yo gritaba: Sol, permíteme volar aún un instante. Pero el sol se fue a su laberinto para no vernos caer. Girábamos. Todo se oscureció. Nos perdimos. La sangre resbalaba gota a gota. Los barcos dieron vuelta, la tierra dio vuelta, el mar dio vueltas, las luces dieron vueltas, el viento dio vueltas, el calor dio vueltas, mi garganta dio vuelta, y mi espalda se dio vuelta y hasta las letras sobre el suelo se dieron vuelta. Nos encontramos contra el campo, las alas en la tierra, el corazón vacío, las manos sin las uñas... ¡Un Águila roja y una chica!, gritaron. Me levanté. ¡Habíamos tocado otro continente! Sus papeles, sus papeles, sus papeles, me pedían. Registré mis bolsillos. Quedaba un polvillo, una tierrecita en ellos, una nada. Bruscamente me abrieron la mano. La cerré. ¡No, no! ¡Es mío! ¡Es todo lo que tengo mío, este polvillo! ¡No soplen, no respiren, déjenme esta poquita cosa de allá, tierra de mi allá! Me dejaron por imposible. Me abracé al Águila. ¿Vuelves? Movió su pico. ¿No te quedas? ¿No quieres soñar que volveremos? Metí mi sueño en su cuerpo de plumas, me recliné. Fue entonces cuando oí que cuanto viniera más tarde, estaría para siempre herido. La voz extranjera comentó: pero a este Águila le han sacado los ojos de un balazo.

Las estatuas

Había un país donde no se llegaba desinteresadamente; había otro bueno para la vida; había otro donde los signos visibles del encantamiento de la plata actuaban; había otro sin dudas ni recelos; había otro sin señal de otoño; había otro que ni lo podíamos suponer... Por las mesas, rodando en las esquinas, deteniéndose entre dos filas de clavos yo los he visto con la obsesión de los países promisorios. Todos contenían la hermosura de no lamentarse como la genciana tiene su azul. ¿Adónde irán? ¿En qué abanico está dicha mi suerte? Mis manos no se lamentaban ya por el niño cansado, ni por el río sin creciente ni por los cañizales sin silbidos de balas. La vela de mi barco había caído y un gran sueño me alcanzaba, meciéndome. Apenas si las voces de los dispersos a la fuerza llegaban a mi oído. Yo iré al país en que un árbol puede quedarse a medio cielo; yo al campo de la hierba más fina; yo al desierto donde únicamente crece la sed; yo al bosque de todo humo;

yo a la mar... Se acercó a mi reposo un mensajero: Te traigo una virtud; serás constante. Yo me alcé de mi lecho. Lo que tengo es que regresar. Me esperan. Yo no quiero quedarme fuera de mis límites. Me ahogo. Por ahora no conozco otra canción: Juan simiente, Juan estrella, Juan chiquito, Juan grande, Juan panadero, Juan sin queja, Juan sin murmullo, Juan acero, Juan todo el mundo, Juan corteza...

El mensajero se sentó a mis pies. Dije: ¡ayúdame a irme! El mensajero se rio: Conozco todos los ritos de la melancolía, puedo enumerarte la edad de la tierra que desees, los gritos, los lamentos que viven sobre su faz indiferente. No quiero hablarte de eso. Ya te dije: serás constante. Y me voy, porque llegan las estatuas.

Apareció la primera estatua con su pluma en la oreja. ¡Pronto! ¡Fuera! ¡Fuera! ¡Papeles, papeles! Nos obligó a movernos. ¿Un camello, un avestruz, un barco, un caballo, aquel avioncito? Los mercaderes nos ofrecían las flotas más baratas, los amontonamientos más perfectos. Ras, ras todos al ras con la etiqueta roja y los codos melancólicamente al aire. La estatua nos medía, pesaba, aquilataba. ¡Vamos, muestra los dientes! Veinte años, soldado; setenta y cinco, inútil. Semilla de hombres. Quinientas mil semillas. ¡Vamos, vengan! Útiles al trabajo. Pasen. ¿Les duele? Al otro lado de los montes otros castañetean sus dientes, otros buscan su sombra, otros se precipitan voluntariamente en la muerte. Nada de quejas. Para ellas aquí no hay oficinas. ¡Pasen, pasen! ¡Otro, otro! ¡Papeles, papeles! Y las estatuas más chicas se colocaban vidrios en los ojos: este no ni este tampoco ni este sirve. ¿No saben nada de la Costa de Marfil, los tráficos de ébano, el rechinar de dientes? Allí sí que nos divertíamos bastante, cotorreaban entre ellas las estatuitas. Yo me agarré a los pliegues de la mayor. ¡No quiero irme! Me es igual morir. ¡Ayúdame a recordar la oración para recobrar los objetos perdidos! Si me alejo ¿quién cuidará de mi sangre? Las estatuas chicas nos empujaron con modales de piedra. Comenzamos a rodar torpemente por todos los caminos, en todos los vehículos... ¡Déjame volverme, quiero decirles adiós! No, no, prohibido en este idioma y en este y en todos los idiomas. ¡Más de prisa! ¡Interrumpís la civilización! Pero yo quiero cantar una cancioncita para acompañar mi miedo en vuestra selva. ¡De prisa, aquí no se acostumbra! La tengo entre los dientes, es un puñadito de lágrimas, cuando caiga al mar florecerán lejos los jazmines, haciéndose amapolas la sangre de los muertos. ¡Nada, fuera! ¿No ves que mis ojos ya van por el agua y no pueden cerrarse?

No duermen mis ojos
madre, ¿qué harán?
Amor los desvela
¿Si se morirán?

Se alejaron las estatuillas con sus palmetas. El aire se secó para cada uno con sabor diferente. Estábamos dispuestos a sentarnos en bancos nuevos, desconocidos donde nos dirían: ¿Qué hacéis aquí? Pero los diálogos con las estatuas de aquel continente habían concluido.

La ausencia es un cuerpecito pequeño dentro del grande. Duelen a la vez los dos.

Si muero en tierras extrañas
lejos de donde nací
¿quién tendrá piedad de mí?

Si muero me saldrá un ratón blanco, por la boca; si muero me saldrá un pajarito; si muero correrá una lagartija... No me dejen morir con tantos deseos de correr, de volar, de irme. Es fatal para los convenios con los hombres notarse tan extraño. ¿Cómo acomodar al corazón para que no se vaya? Vinieron corriendo a decírmelo. Será mejor que levantes la cabeza, yo soy tu sombra. Te he seguido para advertirte; no te engrases los cabellos de penas, no cubras tu cara con pañuelos, no tires la silla que te prestaron y así resbalarán los pesares como si los corazones los hubiesen untado de aceite. Habían llegado mis pies a los extremos terrestres donde aún se va a misa los domingos para que prosperen los negocios. ¿Cuál sino el llorar iba a ser el mío? Abrí tienda de penas. Me estrecharon las manos. Agradecí. Nada tengo en la palma, dije, y me rayaron la mano de azul. Iban y volvían alrededor nuestro, pero estábamos solos como el primer campo de nieve en el mundo. Podían decirme: ¡Mira qué hermoso! Hay pájaros, montes, claras cabezas, claras humanas. Te aceptan. Yo era incapaz de comprenderlos. Los peces que se respaldan en los fondos para su mínima aventura familiar ocupaban en mi sueño el mismo puesto que los volcanes, porque todo daba igual a esta mujer extraña y extranjera que se iba poniendo blanca de pelo entre los pánicos que proporciona la Historia. Solo sabía bien que lejos había dragones devorando nuestra comida, y que yo misma iba quedándome entre sus dientes. Y a todos nos devoraban, aunque estuviéramos distantes, amarrados a diferentes compromisos. En el país nuevo oímos promesas de bienestar, que abandonábamos nada más escucharlas, obsesionados por los lamentos lejanos, tal vez dados por la única boca de nuestro dolor común. Sentí que año a año mi cabeza giraba más sobre mi espalda para mirar a lo lejos. Sentí el horror. Miraba hacia allá, todo estaba lo mismo, manchas sangrientas, anónimas carcajadas feroces. Los estandartes del invierno, los clarines pajizos del verano, la seda de las estaciones intermedias se repitieron para mi soledad. Fueron ordenándose los solsticios desordenados, temblé con las noticias, llegaron los gemelos pesares trayendo cartas. ¡Ay, hombrecitos de papel sobre la mesa con la cuenta del tiempo y la voz del pálido corazón que dice: ¡Ven con nosotros y verás lo que hizo el curso de los años! Danos la mano. ¡Vuela! ¡Multiplícate! Añade a tu pesar de lo que ayer fuimos lo que somos ahora! ¿Y quién se resiste a soñar con ellos si son la hebilla de nuestro dolor? Allá me fui con mis delirios hasta la curva de la luz.

¿Ves?, me dejaron alumbrándome. Este es el niño que nació mientras la madre agonizaba; este otro dejó su talento reluciente sobre aquel campo vacío; el de más allá cruzó los alambrados para irse justo en la conjunción de una bala; a aquel otro le cortaron los ojos con tijeras; a este lo expoliaron; al otro lo dejaron en el agujero donde ya había miles iguales a él; hubo quien estalló de un impacto el día de su mayor salud; el cuerpo del otro fue puente útil para que pasaran los ejércitos; hubo manantiales pensativos que quisieron ayudar al fugitivo, que nunca pudo huir... Podría darte los detalles de cada pobre huella de los tuyos sobre todos los colores del mapa y hablarte de los muchachos macilentos, de las piernas blancas, estériles... ¡Extranjeros, extranjeros! La marcha del furor en el mundo había despertado a los tigres y el barro consiguió parecer una caricia a los hombres perseguidos.

Los hombrecitos de papel hablaban alto, se agitaban. ¡Mira, mira! ¡Esta es la carne del exilio! ¡No pudieron arrodillarla! Y entramos por los pabellones donde la derecha es igual que la izquierda, donde filas de ojos cerrados a martillo parpadeaban y los números, suplicando, creyeron que había llegado su fin, pero era solamente una etapa. Aquí está presente el mayor dolor. Escucha. Me incliné a recoger los huesos que mis gentes habían perdido entre la arena y lloraban. Me cercaron mujeres vivas en el cotidiano morir. Querían que tocase todo el deshielo subterráneo de lágrimas con que se lavaron en un tiempo los rostros. ¡Verás, verás! Me repetían llamando a las sombras, ¡eh, eh! Sombras y más sombras llegaron hasta que la mía me indicó: estos son los que te pertenecen. Y leí uno a uno sus nombres sobre la igualdad de la miseria: dos pesos, cuarenta sucres, cinco bolivianos, cien pesetas, cuatro soles... El sol ya no ilumina cuando todo es delirio, sorbos de horror, lluvia de gas. Este es el sistema más refinado de la muerte, aclararon. Gas ciclón 5. Aquí todo es horrible... Era tu gente, un puñadito de gente. Llevaban entre las uñas, igual que tú, tierra de aquella. Se encontraban a gusto a la sombra de los álamos nativos, cuando ocurrió aquella dispersión bárbara. Se llamaban: Pedro, Marcelo, Juan, Pablo, Diego... ¡Qué raro destino este de llegar hasta aquí tan a trasmano!, murmuré a las sombras. Tuvieron que vivir los continentes seis años bajo el fuego de la guerra para cumplirse el trayecto desde la aldeíta hasta la ceniza. ¡Ah, si yo os pudiera besar con mil bocas! Ahora, caídos, estáis en las vitrinas de un mundo. Un cristal es vuestro cielo y mis ojos se sumergen en él como en un estanque para amaros en el cuadrado de vuestra distancia y el oleaje de mi alma. El campo de concentración cierra los portones. ¡Aprisa! Ya has visto por tus ojos. Y los hombrecillos nos dijeron adiós entre la nieve que nos mudaba en blanco de fantasmas.

Mi sombra me dejó respirar junto a una fuente. ¿Quieres, para calmarte, las anémonas preciosas con el color del dios? En esta fuente el murmullo se lleva los pesares. Bebe y adórnate con la primavera que sin preguntarnos aparece en el cielo. Toma en esta capa de hojas la voluntad del olvido. Voy a traerte a los felices. Y sentándonos en el cruce de los caminos irreales, adonde los colores se extienden subrayando a la aurora, fueron apareciendo, dentro de su círculo de egoísmo cristalino, los acomodados, los cazadores vigorosos de fortuna, los que flotan siempre, los del para qué, los que creen en los puntos finales, los distraídos del sol que más calienta, los segregadores de caparazones con excusas, los que se olvidaron de todo... Se oían risas, risitas, encogimientos de hombros y qué se me da a mí y lo importante es comer. Aparecieron los nuevos hombrecitos blancos. Los llamamos con todas las diversas escrituras de la ausencia; ellos hacían oídos de mercader. Gritaban las verdades: ¡Esto pasa! ¡Esto sucede! ¡Doy fe! ¡Yo depongo! ¡Esto desearíamos de los ausentes! ¡Exigimos! Cartas, cartas. Allí aparecía la pena del pastor que se quedó sin monte, la oreja tendida del ciego de guerra; la mano de espuma de la mujer que lava; el ojo del poeta que moría en la cárcel; la llamada del niño en el cristal oscuro de las coronas de novia; los destinos cortados... Volvían los simuladores, los exiliados falsos, palideciendo al ritmo de la verdad, tan de ojos inmortales. Se volvieron contra mí. ¿Quién es esta que solivianta los ecos? Ya hemos perdido la partida, tenemos derecho a olvidar la guerra en cualquier sitio. La Tierra es redonda. ¡Basta con lo que fue!, gritó alguien. ¡Quemadla! A mí me salía de la boca el grito: ¿Y nuestro ayer cuando la sangre era una luz popular y profunda? Hemos cubierto la tierra de nuestra sorprendente claridad. Fuimos una respuesta a la muerte organizada cuando todos callaron: ¿por qué ahora el desaliento? ¡Quemadla, quemadla! ¡Bruja! ¡Arderá bien con sus hojas y su cabellera amarilla! Yo la denuncio por perturbadora. ¡Yo la denuncio! Mi sombra se inquietó. Habían aparecido las estatuas. Tomaban notas en sus papeles de mármol. Las plumas se hundían en lo oscuro para firmar sentencia.

De nada valía haber sido cascada, ni fuente, ni

roca, ni clavel. Volaron todas las cartas de aquel sitio, llevando hacia otros sus brazos, sus besos, sus hasta luego, sus adioses. Yo seguía enfrentándolos. Dije: una regla de la felicidad común es jugarla unidos. ¡Jugadla, hermanos! Defended la memoria, seguid siendo una familia, no dejéis los apellidos solamente para las piedras de las tumbas, marcad los años de amistad, como antes era costumbre hacer en los pañuelos, duremos largamente con nuestra fisonomía conocida, de nación, con nuestro melancólico atardecer, con las cintas comunes de nuestra libertad. ¡Venid, venid conmigo! Regresaremos. Hemos salido una mañana de nuestras casas naturales pero el porvenir se reconquista... Las estatuas nos interrumpieron bruscamente. Ya la media noche había sonado, comenzando a oírse un rumor de colmena que bordoneaba del lado del mar. Toda la melancolía de los viejos amigos separados se extendió por el aire. Era difícil distinguir quién quedaba fuera del círculo. Regresamos a sentarnos a nuestra mesa, encendimos el farol, la hermana acercó a cada uno la mirada de su sangre. Yo me senté con mis dos manos fieles, resonaron los pasos en las losas como semillas huecas de sentido hasta que fueron entrando, con sus excusas desoladas, los muertos. Partí mi pan. ¿Por qué discutís tanto?, nos decían. Calmaos, nuestros queridos ausentes en la tierra. Se sentaron, comían sin vacilaciones con una dulce nostalgia. Se humedecieron con la flor del vino. Me eché a llorar sobre sus manos de aires. ¿Es que solo vosotros seréis los felices de aquella aventura? No respondieron, todo su candor estaba ocupado en renovar los gestos mortales. ¡Han sucedido tantas cosas desde que os fuisteis! ¡Aquí están vuestros hijos, sembrados al azar sobre las naciones distintas, aquí hemos vivido tantas horas desgarradas! Pero no me atendían. A los muertos les habían dado sus vacaciones hasta el amanecer. Los fui reconociendo; uno se había vendido caro detrás de una peña; el otro estaba cosido de metralla; el más lejano inclinaba por el fusilamiento la cabeza... Hubo quien se acercó, amoratado y rígido a palos y la que fue brava mujer y el ciego... Comían fieles a su memoria de hombres, apresurados y sin sonreír. Me acerqué a su límite. Vuestros pobres recuerdos, ¿verdad? Habéis traído todos: la forma de tomar la cuchara, la de llenaros la garganta de vino. ¿Traéis los nombres de oro: Guadarrama, Jarama, Ebro, Madrid? Nos hemos visto, ¿recordáis?, entre dos tempestades. La vida y su hermosura, la sangre y su palpitación. Regresáis a tiempo cuando todo lo nuestro se resquebraja, arrollándose por los bordes, pobre papel de héroes, amarillo. Somos hojas de otoño, el pelo blanco se nos peina hacia atrás, los vientos extranjeros muerden el caracol de las orejas. Vosotros habéis permanecido intactos, jóvenes de entonces, material de la muerte... ¿Me oís, compañeros queridos, camaradas del fuego? Ellos comían y comían felices en su ayer recobrado, ni por un momento levantaron la cabeza. ¿Qué haremos?, grité. Estamos rotos cada uno dentro de su desolación. Uno levantó los ojos repitiendo: Claro, claro. Otro añadió: ¿No sois todos iguales? Seguí gritando: ¡Hemos envejecido de esperar! ¡Nos falta fe! Cantó el gallo del alba. Cada año los muertos volverían por su pan. La puerta se abrió sola. ¡Tan pronto! Se fueron sin alarde. Detrás iban sus nombres sagrados tejiéndose en la brisa, siguiéndoles, borrándose poco a poco con la aurora.

Al levantar mi frente de la mesa me encontré rodeada de hombrecillos blancos que salían de los sobres. Todo seguía igual. El banquete salvaje del mundo continuaba entre vejaciones y disparos. En aquel país la gracia de Dios no florecía y la santa paciencia de sufrir caía en vano. ¿Cómo romper queridas cartas la memoria? Os ruego. ¡No puedo más! ¡Desunidme, cortadme el cordón que me une al vientre de mi tierra! ¡Tejed, tejed mi muerte, pequeños sobres pálidos! Ante mi dolor aparecieron las estatuas; dispersaron las noticias. ¿Adónde quieres volver?, me interrogaron; enmudecí. Una carta más dulce se quedó posada en mi hombro. Me decía: Óyeme, yo te devuelvo el amor. Dame el beso de retorno. Patria, ¿cómo ir hacia ti vestida de pobreza, de desilusión, de desesperanza? Aún vive sobre tu campo verde el dragón que echa fuego; todo es degradación, desorden sobre tu piel; me exaspera pensarte a ti, hermosa claridad corrompida, suprimidos los pensamientos libres y claros de tu adorno. Insistía la carta más dulce, posada sobre mi hombro. ¿Cómo, no quieres reconocerme? Yo soy la juventud que siguió después de que tus pasos se fueron, nuestros ojos no te vieron jamás. Te referimos, te contamos, eres la fermentación de nuestro sueño. Si dos se separan, una tercera puede unirlos tiernamente. Dicen que os habéis llevado la canción... La estatua intervino en su papel furioso: ¡Silencio! ¡Inconveniente para menores! ¡Callen! Yo sentí la extraña angustia que puede disolver la existencia. Puse en mi mano la carta y la dejé, mariposa de confusiones, enteramente sola en la ancha mesa. ¿Qué soledad nueva me traes?, le interrogué. Yo sé que a veces a nuestra verdad pura la maltrata el tiempo, ya no alcanzaremos a vivir, no somos novedad, la costumbre nos desgastó por los bordes, somos los habituados a una muerte lenta alumbrada con mala luz.

Si muero en tierras ajenas
lejos de donde nací
¿quién tendrá piedad de mí?

¡Carta, voy a soplarte para que te vayas! Hemos hecho madre nuestra a la memoria. ¡Oh, carta, carta, sigue adelante, estoy cansada de vivir entre cartas y muertos! ¡Vuela! ¡Marcha!

Por la carta más dulce, posada en mi mano, lloraba tristemente: ¿Y qué culpa puedo yo tener en aquello? Soy un joven papel blanco que me voy escribiendo al paso de las horas nuevas. La estatua, sin aviso, me la arrebató. ¡A la cárcel con ella! ¿Qué es esto de hacer política y levantar vuelo a la esperanza? Así fue como, de golpe, todos los hombrecillos sesgaron hacia el firmamento donde cada cual puede cantar su canción sin que nadie se la interrumpa.

Por aquí, por allá

En la falda del viento recliné la cabeza y concluyó mi sueño. Entré menudito, esquivándolos, torciendo las esquinas para que no me siguiesen. Hallé ante mí la sagrada puerta de mi sangre y la franqueé con la docilidad de Ulises.

Hay una planta que llevada en la mano traspone lo invisible; hay una pasión de amor que corroe y destruye; hay un amor vigilante que debe unirse a lo amado para que no se cierren sus ojos con la muerte.

Por eso estoy aquí. Mi aquí tiene cielos altos, carreteras largas. Una lluvia de modales me espera: ¡Buenos días! Has vuelto. Déjame que me empape de tu figura. Voy a hacerme un tú misma de gotas y así tú y yo seremos otra vez aquella niña larga y fea a quien reñían siempre por recibirme empapándose. Yo agradecí a la lluvia. Ella me besó. La fui recibiendo en cada poro de mi piel. Reíamos juntas, porque íbamos de nuevo al colegio. Nos tomamos la mano. Ya corrían arroyitos hacia las alcantarillas. En ellos navegaba una carta: la primera carta de amor. ¿Qué le han hecho a esta niña?, gritaba el padre. Y apareció ante mí la turbación de pensar la carta en aguas inmundas, entre el último remolino que iba a precipitarla en la oscuridad. Quise alejarme por el primer sendero. Se me acercó la tarde. ¿No te acuerdas de mí? ¡Llorabas tanto! No podías soportarme. Al quedar sin las luces del día íbaste poniendo melancólica. Tu don de lágrimas era famoso en tu familia. Sí, le contesté. Vuelvo a buscar mis lágrimas. La tarde se envolvía en sí misma, grana y celeste, ¡tan serena, tan esbelta! Me dio vergüenza de llorar por todas mis tardes anteriores y vi a la angustia, instalándose en su taburete de siempre, desde la mañana hasta la noche. Me revolví contra ella: ¿Por qué me recuerdas mis desfallecimientos? He regresado no para que especulen con lo que fui, sino para mirar lo que sois. ¡Bravo, bravo!, se apresuraron a decir las líneas que forman los contornos de las cosas. Mira, esta es nuestra presencia.

Entré por el camino real. Todo iba apareciendo con sus sustancias exactas: mi viejo patrimonio de viñedo y castillos; los caballos del llano; la fuente primorosa y esquiva; el valor de los hombres; la historia con su consecuencia, y el arrobo del viajero con su inocente credulidad asombrada. ¿Te gustamos?, me preguntaban los muros. ¿Nos quieres?, decían las ventanas y las puertas. ¿Era así tu recuerdo?, insistían las torres. Una alegría a dos batientes se abrió de par en par. Allí estaba la patria.

Dije en círculo al viento: Vengo a buscarme y a buscaros. El reloj de sol se opuso: No comprendo por qué has regresado por tan poca cosa, pues nada cruza sin morir la sombra de mi ángulo. Yo le dije: ¿Los devoraste a todos, no me dejaste ni un amigo? Salí en el barco de la pena y en él vuelvo. Aquí guardan los míos, mi patrimonio. He traído conmigo a Juan el fuerte, a Juan el bravo, a Juan el que ve sin mirar las intenciones debajo de la tierra. Es esta nuestra aventura total: el regreso. Sabemos andar sobre los trigos sin doblarlos, cruzar las corrientes sin lastimar el agua, agarrar un tizón sin dolor con una mano y tenemos la flor que nos vuelve invisibles. La proa de nuestro barco nunca dejó de cantar la vuelta. Abordamos las playas, lo dejamos varado y vamos en busca de nosotros mismos, pues aquí y allá se nos quedaron una mirada perdida, un ademán incumplido, una palabra que se interrumpió... ¿Solo eso pretendes? Pues es más fácil escribir en el agua, me atajó la piedra del camino. Mírame y no tropieces, porque si levantas el pie y gritas ¡ay!, luego de veinte años, vas a venir buscando el ¡ay! y el gesto y me voy a reír mucho de ti. No me digas, piedra sagrada del camino, que eso es imposible. Buscamos algo especial, lo sé. Yo quisiera despertar el santo que se quedó dormido oyendo al ruiseñor porque él sabe los conjuros que anudan el pasado al presente. Hace siglos que vive encristalado; como la tuya, su figura se borró en el aire y nadie lo recuerda. Déjanos. Hace tiempo que no suena tu nombre ni preguntan dónde estás. ¡Vete! ¿Y quién guarda mi casa y mi perro y mi telar y mi rueca? ¿Ya no hay puente hacia mi madre? De todos ¿solo tú, piedra, has permanecido? Traigo tantas lágrimas que podría ablandarte, pero nada quiero de ti porque andaremos los caminos sin tu protección. ¡Eh, eh, que van a veros! ¡Eh, cubríos! ¡Eh, calzaos de prudencia!, nos gritaban los guijarrillos menudos que son buenos. Y pasamos de largo ante los corrales, las tapias, las fachadas azules, lo rosa de la cal... Cruzamos los oficios. Se lamentaba el herrero. ¡Con tantos camiones las pobres bestias se lastiman y pierden los zapatos! He mandado al aprendiz hasta la taberna por el vino que me fortalece, pero no vuelve y ya sin él yo no soy nadie, me aplasto contra el suelo. Juan el fuerte se quitó su sombrerillo de muchacho. ¿Te puedo servir?, dijo, apareciendo. Y entre los dos clavaron cuatro herraduras nuevas al caballo blanco y siguieron así, caballo a caballo, herrando hasta la puesta del sol. Toma, toma, te pertenece. Monta este caballo para acortar el camino hasta donde vayas. Has de venir de lejos. Me hueles al hijo que perdí. Cuando mi hijo levantaba el martillo cantaba una cancioncita:

Ya era yo lo que no era,
ni lo que solía ser.
Soy un árbol de tristeza
arrimado a una pared.

Apréndela. Lo arrimaron a un muro. Te doy un caballo y una canción. Se llamaba Juan...

Juan el fuerte se caló el sombrerillo, montó a caballo y nos hizo seña. Saltamos a su grupa. El aire se hizo tierno y cuando el herrador secó su lágrima ya no vio más que su caballo solo galopando en la luz.

Los campos de la tarde se cobijaban con hermosas nubes. ¡Qué bien os recuerdo! Los caballos trotaban hacia los encinares donde el ciervo volador reina. Iba la liebre rauda y sola, después el tropel de los perros; iba la niña en su caballo, sí, en su caballo de luz... Los surcos la han visto. Están hermosas las sementeras, yo entiendo del balanceo de los trigos, nos comenta Juan el bravo. Pronto los que salen al amanecer regresarán a sus casas. ¿Has visto ese caballo solo? ¿De quién será?, decían. ¡Si pudiésemos aprovecharlo! Los esquiloncillos arrastraban sus deditos sonoros por el valle. ¡Me reconocieron! Repicamos para ti que regresas. ¿Hace cuántos años te fuiste? Nosotros, siempre igual. Cuando nos caemos de viejos nos renuevan, a veces nos perdemos. Hay cabras que nos olvidan en un árbol. Ya no se estilan mucho las mulas alhajadas, ahora más bien hay bicicletas.

Se iban acurrucando los extremos para pasar la noche. En la cinta primera, cerca del cementerio, daban a todos el alto. Vimos cómo los hombres se detenían. Sopló sobre ellos el terror que no descansa. ¡Es la pareja, es la pareja, es la pareja!, graznaron unas aves. Brilló un aspa amarilla hablando: buscamos a otro, pero no importa, para escarmiento servís todos. Los hicieron hablar, arrodillándose. ¿Hablaréis? Levantaron las culatas de las armas. Juan el bravo no las dejó caer. ¡Qué fusiles más flojos!, gruñó el más temible. Eso nos pasa por confiar la autoridad de una industria al ingenio extranjero. Mejor serán los puños. Pero los puños no llegaron a caer. Los arrodillados se incorporaron: ¿Quién está con nosotros? La pareja se vio inmovilizada en sus propias acciones y Juan el bravo los montó atados en la grupa y el caballo siguió su camino, corcoveando como si tal cosa.

Luego los abandonó en la cantera. ¿Para qué podían sernos útiles con sus bigotes asustaniños? Recomendamos a los bloques recién cortados: Mejor será que solo al alba se despierten.

La noche de la patria es dulce de ver. Respiro y ando. Ando por entre el olor de antes; lo anudo en mi pañuelo; traigo, tirando de él, todo el perfume de las tardes de toros; lo siento entre los pechos; se levanta hacia los pinos resineros. ¡Qué tanto me importaban! Otra vez huele, brotando de sí misma, la tierra fresca y la fuente con los berros de corazón y por todas partes se va a Castilla, por todas las veredas pierdo los peinecillos, bajo todos los árboles me quieren... ¿Qué son esas estrellas entre mi alma y yo? No puedo conformarme con que la voz se dibuje para el tren de las cinco y no para todos los trenes que lo traigan. ¿Estoy sosteniéndole en el aire? ¿Es mía esta baraja de imágenes o la confundo y la mezclo con la que no me pertenece? ¿Respiro ayer? En alas anteriores me llevaron al límite. Quiero de nuevo ser tu provincia y tu lugar, ser tu infancia y tu nacimiento. He permanecido como en el día de mi esplendor para que tú tengas en mí a dos seres iguales, demasiado ricos de tesoros, y vuelvas a tu felicidad primera antes del término natural de tu tránsito, amor. Calla, amor.

La noche de la patria es abundante de tejados, de luces. Si me vieran me dirían: ¡Vete!, pero no me ven. Únicamente la sonámbula nos ha reconocido.

Yo también iba por los aleros, nos dice: He aquí la ciudad.

Me hago toda ojos para reconocerla, de balcón a balcón mientras mi caballo se tiende para pasar desapercibido. Miramos a la hondura de las casas. Hay patios con las cuerdas llenas de ropa y un sagrado incienso de hogar. Está todo en su sitio. Cada ventana corresponde a una vida. Ha sucedido sin que participemos: colgaron las lámparas y nacieron los niños, aprendieron a leer y se les rompió el primer juguete. Pero ahí está aún la sombra de mi puño cerrado; aquí veo el instante en que mi corazón comenzó a ahogarse; aquí vi las manos del terror: más allá brillé; sintieron por mí benevolencia; me consideré su hermana; manó la sangre; confundieron los horrores... Esas plazas es imposible que estén en su lugar. Retemblaban las losas, saltaban los adoquines, era una peligrosa prueba cruzarlas mirando sus estatuas. Un zapato y un pie, un niño sin cabeza, un hombre derribado... Mi corazón está de duelo. ¡Un pequeño don de lágrimas para comprender mejor lo que valen nuestras miradas! ¡Un poquito de mi tiempo aquel! Lo real es intrasmisible, solo el sueño es comunicable y yo quisiera unos zapatos fuertes para caminar estos tejados míos, donde solo la Sonámbula anda sin vacilar. ¿A qué hemos venido si no? ¿A saber la vil moneda que les dieron a cambio? ¿A dejarnos seducir? ¿A comprobar la indiferencia? ¡Cuánta cantidad de cosas vemos que son nuestro rastro, como esa pequeña irregularidad del cielo que se llama cometa! La Sonámbula, con sus manos al frente, toca mi pecho: ¡Di un deseo! Le cuento: He regresado. Traje conmigo a Juan el fuerte, a Juan el bravo, a Juan el que ve bajo la tierra las intenciones. Tenemos un caballo, que ahora duerme. Sé que estos son los tejados de nuestra ciudad. ¡Di un deseo! Me repite. Yo insisto: Toda la vida es una espera semejante, a veces la dilapidamos en cosas asombrosas; otras veces nos estafan hasta el último céntimo. No sé si te das cuenta de que ganamos y perdimos, de que perdimos y ganamos. ¡Di un deseo! Sigo diciéndole. Tienes la manía de la improvisación. Yo estoy llena de asombro. No encuentro mi calle ni mi alma. Esta ciudad recobrada guarda algo que yo debo encontrar. ¿Puedes dármelo? Todo, hasta la imbecilidad, puede ser fértil, lo único estéril es la soledad. Por eso regresamos. Queremos estar juntos. ¿Dónde están los pretendientes?, preguntaba Ulises. Ni eso pregunté yo. Nos han reconocido todas las cosas inanimadas, los amigos difíciles de convocar. ¡Di un deseo!, repetía. Hay un estilo para todo, Sonámbula, hasta para decir un deseo. Nos han escamoteado miles de horas de vida conjugadas con el verbo amor, miles de horas con las que forma su estadística la muerte. Nosotros lo llamamos la existencia. Esta ciudad, con su acumulación de seres, ¿nos está esperando? La Sonámbula se alejó de mí sin que yo le expresara mi deseo y al volver mi rostro me hallé sola, pues mis amigos se habían extendido por el plano de la ciudad, buscándome. Hacía viento. Habló: ¿No me reconoces? Vengo del Guadarrama. ¡Cuántas veces golpeaste mi balcón!

El humo de los sueños echa vaho, las chimeneas echan el vaho primero, respirando. Yo saludo a las viejas costumbres: Bien hallada taza llena de infancia. ¡Esta niña llegará tarde al colegio! Tú, taza de los malos sabores para la buena salud, y tú, aroma del café. Caen mis lágrimas, pero no me detengo. Me doy cuenta de que no está el caballo. Ha bajado a la calle y ayuda al panadero a repartir a cada uno su pan. ¿Mi pan? He perdido a los intrépidos que me seguían. Estoy sola en la calle. ¿Siempre estaré sola? Zigzagueo. Este sí y este no. Los toco, ellos me sacuden. ¿Dónde están nuestros cantos? ¿Y las gotas de sangre? He tropezado, deteniéndome. Solo el cielo me reconoce. Y su perro, que es como mío, como el mío, aquel que se llevó la niebla. Si yo te diera limosna, le digo, reconocerían la moneda: es de aquellos tiempos. Paso y paso. Iré de tu hambre a otro hambre con la agria perspectiva de morirme de pena. Los quiero así abrazados en los jardines, mirándose detrás de los alambres, levantando su cabeza en vilo, caídos en la cama, arrodillados con mucha fe... y si se dicen adiós en las estaciones de partida, o se estrujan contra el césped o crecen sin notarlo o se van muriendo sin apercibirse, los quiero. Nazcan enredados en el cordón del amor, corran a otros brazos, silben, caigan, se deshojen, se alimenten, se consuelen o trepen, los quiero. En el cuadrilátero de su patrimonio, en la sed de su piel, en la piel de su amigo, en la piel de su oveja mansa o de su toro bravo, encadenados a la desventura o sin cadena visible, con el palo de su trabajo, con el sombrero que les adorna o con el hacha que los alimenta, los quiero. Quiero a todo lo que es su hierro, su imán, su madera, su carne, su armazón, y el silbido que los llama al trabajo. Si abren la condición de su esperanza o seriamente se miran sus manos duras o lavan las orejas del hijo o la piel de la mejilla o les corre el gotear del llanto, los quiero, porque este amor los alcanza a todos hasta debajo de las cobijas y en la secreta urdimbre de los tejidos de la piel y el hueco de la almohada. Ya pueden cantar las últimas gargantas de los pájaros, dulce bien, sonar los caramillos, que ya nadie comprende, pues para eso he venido y estoy con los pies de nuevo en esta tierra, en nuestra tierra, y los quiero.

Mi tierra no es toda de la misma sustancia en la geografía. La toco y la beso y veo pasar el vaso de los brindis con su color de oro. Bebe el jugo irresistible de la tierra, ya que has regresado. ¡Tuya es la herencia de tu primer aliento! Así me dicen, pero no está nadie, aunque todos respiremos juntos, nadie me ve. La multitud va por las calles con sus edades en cadena y con todas mis edades y las que me tocarán solo a mí. Peregrino entre ellos, yo, la extranjera de veinte años, y ni este ni el otro conozco. ¿Quién será la insolente que nos mira de pies a cabeza? Si nos ahogamos de terror, allá nosotros; si hemos aullado en una noche demasiado larga, allá nosotros; si sufrimos, allá nosotros: Somos la multitud. Uno a uno la formamos y la amasamos y somos los esqueletos de su carne. Callan. Hablo. Pero nadie me ve. Atravieso dulcemente los vidrios entre las alcobas; hay ternuras sin concluir, tristezas con la cabeza baja. El tiempo de las lluvias motea los vidrios de rumores y moja las rejas. Entre las rejas se ha quedado una mano. La bestia diurna sustituye a la bestia nocturna con su vigilancia y nadie sale y nadie entra sin el portazgo bien pagado en desolaciones. La lluvia ha extendido un espejo para que se miren los barrotes de la cárcel. Se han inclinado el dolor y la mano que clama ¡derecho a comer pan, derecho a llevar alta la vida! En el centro de la mano han clavado bruscamente una bayoneta. Yo me arrodillo y bebo mano y sangre.

¡Tened piedad de los pequeños detalles! El niño corre, descalzo. ¿Quién le robó los zapatos? ¿Pero a él qué le importa si le corresponden las dos torcazas grises que lo llevan? Se detiene ante el cristal del futuro y se encuentra como su padre limpiándose de grasa las manos, de sudor la frente, los labios de ilusiones. ¿Nos acordaremos siempre de los troncos de los árboles?, dice él. Los llevaré incrustados en mi espalda, dice ella. ¿Y el olor del río apretado en tu boca?, dice él. Y la mirada de tus ojos, dice ella. Siguen por las cornisas del amor y yo cruzo la calle y corro por las huellas del asfalto. ¿Dónde estáis, Juan el fuerte, Juan el bravo, Juan el que ve las intenciones debajo de la tierra? Alguien me sigue. Han vuelto las esquinas personajes extraños: ¿Y mi caballo blanco? Se incorporan a ellos los guardianes del orden conocido, se estiran los puños: mejor será que cerremos los bancos y los préstamos. En un minuto todo lo que está tranquilo puede levantarse. Sí, levantarse los que no están sentados en sillas y les han obligado a mirar detrás de las citaciones, las restricciones, las obligaciones. Algo se agita en la ciudad porque el pequeño río se desborda y habla: Dame la mano. Hace tiempo que no te miras en mí. Yo soy el Manzanares. ¡Ay, si me mirase río Manzanares, no me encontraría! El tiempo nos jugó una mala pasada. A ti te hicieron hilo de agua, a mí me hicieron vieja. He vuelto con Juan el bravo, Juan el fuerte, Juan el que ve las intenciones debajo de la tierra, tenemos un caballo pero he perdido a mis amigos. Veo que aún por tus márgenes las lavanderas cantan. ¿Pasaron por aquí? ¿Es cambiable este presente por aquel del recuerdo? ¿Vuelvo a ser yo a la que enlazan y baila? Las razones para ser feliz crecen por todas partes. Lo que quedó suspendido de las ramas pregunta: ¿Hay en el mundo libertad de bailar, de sacar afuera el corazón? La sombra de los viejos manubrios me resumió espontáneamente el pequeño acto de ser feliz una tarde, bajo unos árboles, entre muchas respuestas...

Alcancé el paseo. Nueva música para mis lágrimas. La arquitectura de la jaula musical ya no está y las graciosas líneas tiemblan. Arriba, en la terraza, los gritos demasiado agudos, esos que atraen la felicidad con sus imágenes, tampoco los encuentro. La vida cae fachada abajo y todo aquel presente es polvo, cascote descuajado, hierro retorcido. Aúlla la calle. Ya no hay puesto de horchata ni tranvías acarreando niños ni aire que se confíe ni olor a oeste ni vals ni valle ni encinas ni las empinadas bandas del tren ni la Niebla, criatura desconcertada. Estoy sola en lo alto. Cierro los ojos, doy vuelta, saludo a mi alma: ¿No podría tanto dolor hacer nacer la claridad de nuevo? Quiero pensar que la maceración de la rosa da perfume y la de los pueblos, libertad. Quiero obstinadamente esperar la salida del sol. La línea de los montes está blanda y perfecta. Todo parece respirable para la gente que sufrió el sacrificio. No me ven. Han variado la forma de mirarse. Ahora son relativamente sinceros, aceptan a medias la imagen de su relativa felicidad y al mirarse por dentro piensan que su empresa de vivir ha sido ir olvidando. Quisiera detenerlos. El barrio me recoge con sus brazos de calles. ¡Ay, si yo te dijera que puedo punto a punto tejerte en mi recuerdo! Hasta la luz de gas, hasta la campana que no repetía nunca el mismo sonido, hasta los carros y la rueda que cantaba Mambrú...

Conocía todas las intenciones de los muros, los abrigos de sus portales, la ternura de tu pureza de barrio extremo y las cuentas que pedías a la deliciosa presencia del juego infantil, a la sensible insistencia del amor en la oscuridad. ¡Ay, barrio! ¿Has visto a mis amigos? Peregrino por la piel de la patria, traigo en mi mano la flor que me hace invisible, vine con Juan el fuerte, Juan el bravo, Juan el que ve las intenciones debajo de la tierra. Ando sola porque los he perdido, como todo lo pierdo, y perdí mi caballo. ¿Qué debo hacer? La multitud salía de los cines, se miraba en los escaparates de reojo. La ciudad amontonaba pasos y hacía un *stock* de empujones en el metro, ante el que por caridad siempre piden limosnas. Y me iba alejando de mí misma en la fila de puntos del final, hasta verme entre todos ellos la misma y diferente, con la moda de antes, con modas sucesivas de las de antes... Me tocaron el hombro. ¿No me ves? Somos las verdades aparentes. Vamos al cine, a los cafés, a los bares, en ellos reclutamos a los que tienen vergüenza de ser y de no ser al mismo tiempo. Trabajamos mucho. La pobreza nos solicita continuamente en una época de tantas desilusiones.

Ayudamos a crecer a las muchachas. ¿Así que los míos son pobres? ¿Así que comen raíces amargas? ¿Así que nada consiguieron, echándonos? Se rieron las apariencias y hablaron con precipitación de otras apariencias superiores que se venden a los extranjeros y suben los palacios. Hablaban todas a la vez. ¡Callad, que no puedo seguiros! Chirriaban de rencor. Tendrías que ver a los que llevan las máscaras y tiran el rostro al cieno. El cieno les pudre al año miles de rostros: máscaras de las complacencias vergonzosas, de los negocios ilícitos, de las trampas organizadas, de las hipotecas a extranjeros, de las mentiras gubernamentales. Tiran rostros que se comen los sapos y quedan arriba las máscaras sentadas, gobernando, levantando la voz, todas huecas con escondrijos de polillas por dentro, asesoras de todos sus decretos. Nosotras solo correteamos las calles; somos las pobres apariencias intrascendentes; apenas pesamos en la conciencia de los interesados, somos la pequeña mentira, de los que no se quieren resignar. ¡Adiós, adiós, tenemos que seguir! Nos llaman de todas partes. ¡Una pequeña limosnita de verdad aparente para poder seguir viviendo!

Al quedarme sola oí el relincho de mi caballo, lloraba, reclamaba ayuda. ¿Qué hace en la circulación de una ciudad moderna un caballo? Era una supervivencia absurda, lo pinchaban con las sombrillas, lo ensordecían. Sus ojos verdaderos de tierno material vivo reflejaban el contorno mecánico. No quería entender que estorbaba. Me acerqué. Lo tomé de la crin. Lo acaricié. ¡Pero este caballo está llorando!, dijo alguien. Una ternura humana recorrió los metales y detuvo a los chiquillos voceadores del periódico. ¿Qué voceaban? ¿Qué ocurre hoy en la ciudad? ¿Cómo se atreven a oír cantando aquello y esto y lo otro? Las gentes se arrebatan las ediciones. ¿Cómo? Se han llevado al ruiseñor. ¿Quién ha despertado al anciano que se quedó dormido escuchándolo y sabe los conjuros que anudan el pasado al presente? ¿Por qué lo dejaron sacar de la vitrina? ¿Los doctos hicieron esto? ¿Para eso sirven los papeles y los libros? ¿Dónde está escrita la leyenda del sabio que es capaz de unir el pasado al futuro por el corredor de un sueño? ¿No oís el galope de un caballo blanco? El aire de la ciudad temblaba de sorpresa, de interrogaciones. ¡Eh, eh! ¡Aquí, aquí!, me gritaba Juan el que ve las intenciones debajo de la tierra. ¡Vamos, pronto! ¡Bésale en los labios! Besé al caballo con mis cinco sentidos mientras sonaban las alarmas. El marfil en que se muda lo provisional se resquebrajó en una sonrisa. De ella salió volando el sucederse de las generaciones. Yo me arrodillé. Manaba la fuente de agua que ya manó, enhebrándose una a una todas las verdades ya dichas, todas las iluminaciones...

Volamos hacia el sur. El caballo brillaba con luz propia para cada pueblecito. Dijeron que era un meteoro, pero yo sé que era luz de confianza, que anunciaba la paz, Juan el fuerte ayudaba a cada uno a recoger su oliva; a volver el arado al surco; a vendimiar la uva; a reunir el ganado con la canción de Juan... Juan el bravo iba rompiendo rejas y eslabones, secando los ojos de los agobiados de llanto... Juan el lince sostenía el ruiseñor de la generosidad en su puño. Así cruzamos sobre la clara duración del día de los sueños obstinadamente felices. La aventura mayor concluía y la pasión de amor vigilante que hay que cumplir mirándose en lo amado para que no se cierren los ojos con la muerte tenía ya las ruedas del regreso.

¡Qué ancha y grande la tierra fresca de la patria! ¿Estoy despierta? ¡Qué dulzura da ver su extensión! Un claro espejo, unas colinas, una línea blanda, un prodigio de tiempos anteriores nos lleva de la mano. Y así, pequeños, dormidos en su pliegue de tierra, alcanzamos el mar. Allí está nuestro barco. Canta la proa. Nos recibe la vuelta. Izamos la esperanza. Sabe a frambuesas el recuerdo. Nos rebosa el corazón. Continúa el día de la vida. ¡Patria! ¡Patria! ¡Patria! Nos arrastran los vientos. ¿Qué puede importarme la otra faz de lo inasible? El ruiseñor cantará para todos, nos sentaremos a una mesa, comeremos de un pan... Juan el bravo lo afirma, Juan el fuerte lo canta, Juan el lince mira el futuro con los ojos abiertos...

En la falda del viento recliné mi cabeza y concluyó mi sueño.